# ANTARCTICA
Claire Keegan

# 水最深的地方

〔爱尔兰〕克莱尔·吉根 著　路旦俊 译

人民文学出版社

著作权合同登记号　图字 01-2020-7430

Claire Keegan
Antarctica

Copyright © 1999 by CLAIRE KEEGAN
This edition arranged with Curtis Brown Group Limited
through Big Apple Agency.
Simplified Chinese edition copyright
© 2023 Shanghai 99 Readers Culture Co. Ltd
All rights reserved.

**图书在版编目(CIP)数据**

水最深的地方/(爱尔兰)克莱尔·吉根著；路旦
俊译.—北京：人民文学出版社，2023(2024.1 重印)
(短经典精选)
ISBN 978-7-02-017962-6

Ⅰ.①水… Ⅱ.①克… ②路… Ⅲ.①短篇小说-小
说集-爱尔兰-现代 Ⅳ.①I562.45

中国国家版本馆 CIP 数据核字(2023)第 070689 号

| 总 策 划 | 黄育海 |
| 责任编辑 | 朱卫净　欧雪勤 |
| 封面设计 | 好谢翔 |

| 出版发行 | 人民文学出版社 |
| 社　　址 | 北京市朝内大街 166 号 |
| 邮政编码 | 100705 |

| 印　　制 | 凸版艺彩(东莞)印刷有限公司 |
| 经　　销 | 全国新华书店等 |

| 字　　数 | 120 千字 |
| 开　　本 | 889 毫米×1194 毫米　1/32 |
| 印　　张 | 6.75 |
| 版　　次 | 2023 年 7 月北京第 1 版 |
| 印　　次 | 2024 年 1 月第 2 次印刷 |

| 书　　号 | 978-7-02-017962-6 |
| 定　　价 | 65.00 元 |

如有印装质量问题，请与本社图书销售中心调换。电话：010 - 65233595

**SHORT CLASSICS**
短经典精选

献给在洪水中救了我的帕德里格·希基,

也以此纪念老师约翰·麦卡伦。

# 目 录

| | |
|---|---|
| 001 | 南极 |
| 021 | 爱在高草间 |
| 037 | 水最深的地方 |
| 046 | 舞蹈课 |
| 068 | 暴风雨 |
| 076 | 唱歌的收银员 |
| 084 | 烫伤 |
| 094 | 男孩的怪名字 |
| 103 | 有胆量就来滑 |
| 120 | 男人和女人 |
| 137 | 姐妹 |
| 161 | 冬天的气息 |
| 169 | 再怎么小心都不为过 |
| 186 | 燃烧的棕榈树 |
| 197 | 护照汤 |
| | |
| 205 | 致谢 |

# 南　极

她的婚姻很幸福，可每次出门她心中都在想，要是和另一个男人上床，那会是什么感觉。那个周末，她决心找到答案。时值十二月，她感到又一年的帷幕即将落下。她想趁着自己尚未人老珠黄赶紧尝试一次。她肯定自己会对结果感到失望的。

星期五晚上，她乘火车进城，坐在头等车厢里看书。手中的犯罪小说让她索然无味，她已经预测到结局了。她凝视着窗外。黑暗中，几座灯火通明的房子，仿佛几个燃烧的火点，从她身边一闪而过。她给孩子们留了一盘奶酪通心粉，还把丈夫的衣服从洗衣店取了回来。她告诉他，她要去买圣诞礼物。他没有理由不相信她。

到达城里后，她乘出租车去了旅馆。他们给她安排了一间白色小房间，从这里可以看到牧师小街。那是英格兰最古老的街道之一，一排石头砌成的屋子，上面竖着高高的花岗岩烟囱，牧师们就住在那里。当天晚上，她坐在旅馆的酒吧里，慢慢喝着一杯加了青柠汁的龙舌兰酒，可什么也没有发生。几个老人在看报，酒吧生意清淡，但她并不介意；她需要好好睡一觉。她一头扎到旅馆的床上，进入了梦乡，然而却是无梦的梦乡，醒来时听到了教堂的钟声。

星期六，她步行去了购物中心。人们举家出行，推着婴儿车，穿过早晨聚集的人群，汇成人流后蜂拥穿过玻璃自动门。她给孩子们买了一些特别的礼物，都是她认为他们料想不到的东西。她给大儿子买了一把电动剃须刀——他也快到那个年龄了，给女儿买了一本地图册，给丈夫买了一块金表，价格不菲，表面是白色的，上面没有花哨的装饰。

下午，她精心打扮了一番，穿上紫红色的短连衣裙和高跟鞋，涂上颜色最深的口红，步行走回城里。一台自动点唱机在播放《露西·乔丹的歌谣》，她循着音乐走进一家酒吧。酒吧是由监狱改建而成，窗户上装有铁栅栏，低矮的天花板上还有横梁。一个角落里摆放着几台"疯狂水果"老虎机，正不停地闪烁着。她刚在吧台凳子上坐下，就听到一小堆硬币落进滑槽的响声。旁边的凳子上坐着一个男人，身上的皮夹克破旧不堪，看上去几年前他就应该把它捐给牛津饥荒救济委员会。

"你好，"他说，"以前没见过你。"他面色红润，头发呈黄褐色，里面穿着一件夏威夷印花衬衫，衬衫里面还挂着一条金链子。他的杯子快要空了。

"你喝的是什么?"她问。

她发现他非常健谈。他给她讲了自己的生活经历,说他在养老院上夜班。他独自生活,是个孤儿,除了一个素未谋面的远房表亲,没有别的亲人。他的手指上没有戒指。

"我是世上最孤独的人,"他说,"你呢?"

"我结婚了。"她脱口而出。

他笑了。"和我一起打台球吧。"

"我不会。"

"没关系,"他说,"我教你。你会不知不觉中就让那颗黑球落袋的。"他把几枚硬币塞进投币口,拉了一下什么东西,一堆小球落下来,掉进桌子下面的一个黑洞里。

"花式球和全色球,"他一边说,一边给球杆顶端擦拭粉块,"你要么选花式球,要么选全色球。我来开球。"

他教她俯下身去看球,还教她击球时要看着母球,但他一局也没让她赢。她走进卫生间时已经醉了,居然没有找到卫生纸的末端。她把额头靠在冰凉的镜子上。她不记得自己以前什么时候醉成这样过。他们把酒喝完就走了出去。空气刺痛了她的肺。云在天空中互相撞击、融合。她仰起头,看着云。她希望这个世界可以变成一种难以置信、令人惊讶的红色,与她的心情相符。

"我们走一走吧,"他说,"我带你参观一下。"

她紧跟在他身旁,听着他的皮夹克嘎吱作响。他领着她,沿一条小径往前走,护城河在这里环绕着大教堂。一个老人站在主教宫外,兜售喂鸟的陈面包。他们买了一些,站在水边,把面包扔给五只小天鹅,它们的羽毛正由褐色变为白色。棕色的鸭子掠过水面,优美地停在护城河上。一条黑色的拉布拉多犬沿着小路飞奔而来,惊得一群鸽子齐齐飞到空中,神奇地落在树上。

她笑着说:"我觉得自己像阿西西的方济各①。"

雨落了下来,她感到雨点像小小的电击一样落在自己脸上。他们原路返回,穿过市场,那里开设了一些摊位,摊位上方都搭了油布。这里什么都卖:气味难闻的二手书和瓷盘,又大又鲜艳的一品红,冬青花环,黄铜装饰品,躺在冰块上瞪着死眼睛的新鲜的鱼。

"跟我回家吧,"他说,"我来给你做饭。"

"你给我做饭?"

"你吃鱼吗?"

"我什么都吃。"她说。他似乎被逗乐了。

"我了解你这种人,"他说,"你们放得很开。你是那种放得很开的中产阶级女人。"

---

① 即圣方济各(1181?—1226),天主教方济各会及方济各女修会创始人,意大利主保圣人,规定修士恪守苦修,麻衣赤足,步行各地宣传"清贫福音"。

他选了一条看起来还活着的鳟鱼。鱼贩子砍掉鳟鱼的头,用箔纸将鱼身包起来。他从市场尽头开熟食摊的意大利女人那里买了一桶黑橄榄和一大块菲达奶酪。他还买了酸橙和哥伦比亚咖啡。每当他们经过摊位,他总是问她要不要什么东西。他花钱很随意,把钱揉成一团放进口袋,仿佛那只是什么旧发票,连递给商贩时也不把钱弄平。回家的路上,他们在酒专营店买了两瓶基安蒂葡萄酒,还买了一张彩票,所有这些她都坚持付钱。

"如果中奖的话,我们就平分,"她说,"然后去巴哈马群岛。"

"别期望太高。"他边说边推开店门,望着她穿门而出。他们沿着鹅卵石铺就的街道漫步,经过一家理发店,看到里面坐着一个男人,脑袋后仰,正由理发师给他剃须。街道越来越狭窄,越来越蜿蜒;他们已经出了城市灯光照耀的范围。

"你住在郊区?"她问。

他没有回答,只是继续往前走。她能闻到鱼腥味。他们走到一扇铁门前时,他告诉她"左拐"。穿过一道拱门后,里面是一条死胡同,还有一排公寓。他打开其中一栋公寓的门,跟在她身后上了楼,来到顶层。

见她在楼梯平台上停住脚,他说道:"继续往上走啊。"她咯咯笑着往上爬,又咯咯笑着继续往上爬,最后停在了楼梯顶端。

门需要上油了,他推开门时,铰链吱吱作响。他这套公寓的墙壁上没有任何装饰物，颜色泛白，窗台上满是灰尘。水池里孤零零地放着一个脏兮兮的杯子。一只白色波斯猫从客厅德垒尤面料的沙发上跳下来。这屋子像是很久以前有人住过，如今被遗弃了一样。客厅里有一棵盆栽印度橡胶树，正越过地毯朝透过高窗投下的长方形路灯亮光伸展过去。潮湿的气味。没有电话，没有照片，没有装饰品，没有圣诞树。

卫生间里有一个巨大的铸铁浴缸，下面还有蓝色的钢制撑脚。

"洗个澡。"她说。

"你想洗个澡？"他说，"那就试试这个浴缸。先给它加满水，再跳进去。去吧，请随便。"

她给浴缸注满水，把水温调到她能忍受的最高温度。他走了进来，光着上身，背对着她在洗脸池旁刮脸。她闭上眼睛，听着他揉出肥皂泡，用剃须刀轻轻磕着洗脸池，刮着胡子。仿佛这一切他们以前做过一样。她认为在她认识的所有男人当中，他最不具威胁性。她捏着鼻子，潜到水下，听着血液在脑袋里涌动，那是她大脑里汹涌的云雾。她浮出水面时，他正站在雾气中，微笑着擦去下巴上的一点剃须泡沫。

"开心吗？"他说。

他给法兰绒毛巾抹肥皂时，她站了起来。水从她的肩膀上滑落，顺着她的双腿淌下来。他从她的脚开始，慢慢往上，用毛巾一圈一圈地给她擦拭，动作缓慢而有力。她在黄色的剃须灯光下看上去很美，她抬起脚和胳膊，像个孩子似的转过身来迎接他。他让她躺回水里，为她冲洗干净，用毛巾把她包起来。

"我知道你需要什么，"他说，"你需要照顾。世界上没有一个女人不需要照顾。待在这里。"他走出去，拿了把梳子回来，开始梳理她打结的头发。"看看你，"他说，"你是个真正的金发美女。你有金色的茸毛，像桃子一样。"他的指关节从她的脖子后面，顺着她的脊椎骨往下滑。

他的床是黄铜的，上面铺着白色鹅绒被，枕套是黑色的。她解开他的腰带，把它从裤襻里抽出来。皮带扣掉到地板上时发出叮当的响声。她替他褪下裤子。赤裸的他并不帅，但他身上有一种撩人的气质，结实的身躯仿佛坚不可摧。他的皮肤很烫。

"假装你是美洲，"她说，"我将是哥伦布。"

在被子下，在他潮湿的大腿之间，她探索着赤裸的他。他的身体充满了新鲜感。当她的脚被床单缠住时，他把床单扔到了地上。她在床上有着惊人的力量，如饥似渴的急迫感弄伤了他。她抓住他的头发，把他的头往后拉，使劲地嗅闻着他脖子上奇怪的肥皂味。他一遍遍地亲吻着她。两个人都不急。他的手掌很粗糙，像工人的手。他们与欲望作斗争，与最终让他们飘飘欲仙的东西作斗争。事后，两人一起抽上了烟——她已经多年没有抽烟了，在生第一个孩子之前就戒掉了。她伸手去拿烟灰缸,却看到收音机闹钟的后面有猎枪子弹盒。

"这是什么?"她把子弹盒拿了起来。它比看上去的要沉。

"哦,那个呀。那是送给某人的礼物。"

"礼物?"她说,"看样子你打的不只是台球。"她说着笑了起来。

"过来。"

她偎依着他,两个人很快就睡着了,睡得像孩子一样香甜,然后在黑暗中醒来,饥肠辘辘。

他做晚饭的时候,她抱着猫坐在沙发上,观看一部介绍南极洲的纪录片:一望无际的积雪,企鹅在零度以下的寒风中摇晃前行,库克船长航行去寻找失落的大陆,还有一座座冰山。他走出厨房,肩上搭着一条茶巾,递给她一杯冰镇的基安蒂葡萄酒。

"你呀,"他说,"还真有成为探险家的潜质。"他在沙发后面俯下身,吻了吻她。

"要我帮忙吗?"她问。

"不用。"他说,然后又走进厨房。

她呷了一口酒,感觉喉咙又张开了,寒气滑落进她的胃里。她能听到他切菜的声音,听到水在炉子上沸腾的声音。晚餐的味道飘荡在房间里。香菜、酸橙汁、洋葱。她可以一直醉下去;她可以过这样的生活。他走出来,在桌子上放了两套餐具,点燃一支很粗的绿色蜡烛,折好餐巾纸——它们看上去像蜡烛火焰守护下的白色小金字塔。她关掉电视,抚摸着猫。猫的白毛落在他深蓝色的睡衣上——睡衣穿在她身上显然太大。她看见另一个男人家的炉火冒出来的烟从窗口飘过,但她没有想起自己的丈夫,而她的情人也只字没提她的家庭生活,一次也没有。

相反,在享用希腊沙拉和烤鳟鱼时,两个人的聊天不知怎的转到了地狱这个话题上。

小时候有人告诉她,地狱对每个人来说都不一样,那是你可能遇到的最糟糕的情况。"我一直以为地狱会冷得让人受不了,在那里你会冻得半死,但你并不会完全失去意识,也不会有什么感觉,"她说,"那里什么都没有,只有一轮冰冷的太阳,还有魔鬼,在盯着你。"她打了个寒噤,身子颤抖了一下。她两腮绯红。她把杯子举到唇边,仰起脖子,把酒咽了下去。她的脖子又长又漂亮。

"这么说来,"他说,"我的地狱会非常荒凉,一个人影都没有。甚至连魔鬼也没有。我一直相信地狱里有人居住,并为此感到高兴。我所有的朋友早晚都会去那里。"他又往自己的沙拉盘里撒了些胡椒粉,抠掉面包中间没有完全烤熟的部分。

"学校的修女告诉我们,地狱的存在将是永恒的,"她一边说,一边把鳟鱼的皮扯下来,"当我们问永恒是多久时,她说:'想想世界上所有的沙子，所有的海滩，所有的采沙场、海床、沙漠。再想象一下，所有这些沙子都在一个巨型煮蛋计时器般的沙漏里。如果每年只有一粒沙子掉下来，那么世界上所有的沙子穿过这个玻璃沙漏所需要的时间就是永恒。'想想看！我们都吓坏了。我们当时还很小。"

"你不会现在还相信有地狱吧？"他说。

"不会。你看不出来吗？要是以马内利修女现在能看到我，看到我和一个完全陌生的人做爱，那会是多大的笑话啊！"她掰下一片鳟鱼肉，用手指拿着塞进嘴里。

他放下刀叉，双手交叉放在膝盖上，看着她。她已经吃饱了，正拨弄着盘子里的食物。

"所以你认为你所有的朋友也会下地狱，"她说，"那很好啊。"

"按照你那修女的定义，这可不是什么好事。"

"你有很多朋友吗？我估计你在上班的地方会认识一些人。"

"有几个，"他说，"你呢？"

"我有两个好朋友，"她说，"我愿意为这两个人献出生命。"

"你真幸运。"他说，然后起身去煮咖啡。

那天晚上，他变得贪得无厌，好像把自己租给了她。没有什么是他不愿意做的。

"作为情人，你真慷慨，"事后，她把香烟递给他时说道，"真慷慨。"

猫跳到床上,吓了她一跳。

"天哪!"她说。他的猫身上有什么东西令人瘆得慌。

烟灰落在羽绒被上,但两个人都已酩酊大醉,根本不在乎。醉了,什么都不在乎,同一天晚上睡在同一张床上。一切就这么简单,真的。楼下的公寓里响起了圣诞音乐,声音很大。是格里高利圣咏,而且是僧侣们吟唱的录音。

"你的邻居是谁?"

"哦,一个老奶奶。耳朵聋得什么都听不见。她自己也唱歌。她一个人住在下面,昼夜颠倒。"

他们躺下来睡觉,她把头枕在他的肩窝里。他抚摸着她的胳膊,轻轻拍打着她,仿佛她是一只宠物。她模仿着猫的呼噜声,像他们在西班牙语课上教她的那样,卷起舌头,发着"r"音,而外面冰雹噼里啪啦地打在窗户玻璃上。

"你走后我会想念你的。"他低声说。

她没有做声,只是躺在那里,看着收音机闹钟上的红色数字变化,直到迷迷糊糊地睡着。

第二天是星期天,她醒得很早。夜间下了一场白霜。她穿好衣服,看着熟睡的他:他的头枕在黑色的枕头上。她在浴室里看了看小橱柜里面,空空如也。她在客厅里念着他那些书的书名。书是按字母顺序排列的。她沿着坑坑洼洼的小道往回走,想去旅馆办理退房手续。她迷路了,只好向一位带着贵宾犬、满脸不耐烦的女士问路。旅馆大厅里有一棵巨大的圣诞树,在闪闪发光。她的手提箱敞开着放在床上。她的衣服有烟味。她冲了个澡,换了身衣服。十点钟的时候,清洁女工来敲门,但她挥手让她走,告诉她不用麻烦,并说星期天谁也不应该工作。

大厅里,她坐在电话间,给家里打电话。她问孩子们怎么样,问天气怎么样,问她丈夫前一天是否还好,并告诉他她都给孩子们买了些什么礼物。她会回家的,去整理乱七八糟的房间,清洁肮脏的地板,包扎受伤的膝盖,收拾门厅里的山地自行车和旱冰鞋。还要回答各种问题。她挂上电话,察觉到身后有人,在等着。

"你都没有说再见。"她感觉到他呼出的热气落在了她的脖子上。

他站在那里,一顶黑色的羊毛帽拉得很低,盖住了耳朵,遮住了额头。

"你睡着了。"她说。

"你开溜了,"他说,"你真是个狡猾的家伙。"

"我——"

"你想溜出去吃午饭,喝个酩酊大醉吗?"他把她推进电话间,吻她,一个长长的湿吻。"我今天早上醒来时,床单上还留有你的气味，"他说，"美妙无比。"

"那把它装进瓶子里，"她说，"我们可以发笔大财。"

他们找了个地方吃午饭，餐馆的墙壁有六英尺高，还有拱形窗户，地上铺着石板。他们的桌子挨着炉火。午餐是烤牛肉和约克郡布丁，他们又喝醉了，但没怎么说话。她喝了几杯"血腥玛丽"鸡尾酒，让女服务员多加点塔巴斯科辣酱。他先是喝麦芽啤酒，然后改喝加了奎宁水的杜松子酒，只要能推迟即将到来的分手，喝什么都可以。

"我通常不这样喝酒，"她说，"你呢？"

"我也不。"他说，并示意女服务员再来一轮。

他们懒洋洋地吃着甜点，看着星期天的报纸。餐馆女老板走过来，又往火里添了些木柴。有一次，她在翻报纸的时候抬起头来。他正目不转睛地盯着她的嘴。

"笑一个。"他说。

"什么？"

"笑一个。"

她笑了，他伸出手，把食指指尖按在她的牙齿上。

"瞧，"他说，给她看一小块食物残渣，"现在没有了。"

他们走到市场时，一阵浓雾笼罩了小镇，浓得她几乎看不清路标。一群星期天卖东西的小贩，为了在圣诞节多挣些钱，正在展示各自的商品。

"你圣诞节的礼物都买好了？"她说。

"没有，能给谁买呢？我是个孤儿，记得吗？"

"对不起。"

"来吧。我们走一走。"

他紧紧抓住她的手，带着她沿一条土路往前走，这条土路一直通向房子后面的一片黑树林。

"你弄疼我了。"她说。

他松开手，但没有说对不起。那一天的光线渐渐淡去。暮色映照着天空，把白昼慢慢变成黑暗。他们走了很长一段时间，没有说话，只是感受着星期天的寂静，听着树木在刺骨的寒风中挣扎。

"我结过一次婚，还去非洲度蜜月，"他突然开口道，"那段婚姻没有维持下来。我当时有所大房子，家具什么的应有尽有。她也是个好女人，把花园打理得非常漂亮。你知道我客厅里的那株植物吗？那是她的。这么多年来我一直等着它自生自灭，可那该死的东西，它还在不停地生长。"

她的脑海里浮现出了那株植物，不断地在地板上蔓延，有一个成人的身高那么长，但花盆只有一个小煮锅那么大，干枯的根虬结缠绕着从花盆下钻出来。它还活着就是个奇迹。

"有些事情是你无法控制的，"他说着挠了挠头，"她说，要是没有她，我撑不过一年。天啊，她可真是大错特错。"这时，他看着她，笑了，那是一种奇怪的胜利的微笑。

此刻他们已走到树林深处。要不是走在路上发出的脚步声，还有树木间露出的些许天空，她简直无法确定路在哪里。他突然抓住她，把她拉到树下，推她，让她后背紧贴着树干。她看不见，却能透过身上的外套感觉到树皮。他的腹部贴着她的腹部，她能闻到他呼吸中的杜松子酒味。

"你不会忘记我的，"他说着，把她的头发从眼前拂开，"说出来。说你不会忘记我。"

"我不会忘记你。"她说。

黑暗中，他用手指抚摸着她的脸，仿佛他是个盲人，正试图记住她。"我也不会忘记你。你身上的一小块东西会在这里滴答作响。"他说着，拉起她的手，伸进他的衬衫里。她感觉到他的心脏在滚烫的皮肤下跳动。然后他吻了她，仿佛她嘴里有他想要的东西。也许是要说的话。这时，教堂的钟声响了，她不知道几点了。她要坐的是六点的火车，不过行李都收拾好了，所以并不着急。

"你今天早上退房了吗？"

"退了，"她笑了，"他们认为我是他们接待过的最整洁的客人。我的包在大厅里。"

"到我那儿去。我会给你叫辆出租车，送你去。"

她没心情做爱。在她心里,她已经收拾好行李离开了,正在自家门口面对着丈夫。她感到干净、充实、温暖;她现在只想在火车上好好睡一觉。可是到最后,她想不出不去的理由,只得像给他的临别赠礼一样答应了。

他们从黑暗的树林中退了出来,沿着牧师小街往前走,来到旅馆附近的护城河下。这里有几只内陆海鸥。它们盘旋在水禽的上方,俯冲下来,抢走了一群美国人扔给天鹅的面包。她领取了行李箱,沿着湿滑的街道走到他的住处。房间里很冷。昨天的脏盘子还浸泡在水池里,钢制的池壁上沾了一圈油污。残余的日光从窗帘缝隙中透进来,但他没有开灯。

"过来。"他说。他脱了外套,跪在她面前。他给她脱靴子,慢慢解开鞋带结,然后捋下长袜,把她的内裤往下拉到脚踝处。他站起来,脱下她的外套,小心地解开衬衫,欣赏着上面的纽扣,再拉开裙子拉链,摘下她的手表。然后,他把手伸到她头发下面,摘下耳环。那是一对金叶吊坠耳环,是结婚纪念日丈夫送给她的礼物。他慢悠悠地剥光了她的衣服,仿佛他拥有世界上所有的时间。她觉得自己像个被哄上床的孩子。她不必对他做任何事,也不必为他做任何事。没有责任,她要做的就是待在那里。

"躺下去。"他说。

她倒在鹅绒被上,一丝不挂。

"我会睡着的。"她说着,闭上了眼睛。

"现在还不能睡。"他说。

房间里很冷,但他在冒汗。她能闻到他身上的汗味。他用一只手抓住她的两只手腕,将它们牢牢摁在她头顶上方,然后亲吻她的喉咙。一滴汗水落在她的脖子上。一个抽屉打开了,有什么东西叮当作响。手铐。她吓了一跳,但反应慢了半拍,没来得及表示反对。

"你会喜欢这个的,"他说,"相信我。"

他把她的手腕铐在黄铜床头板上。她头脑的一部分感到一阵惊恐。他显得从容不迫,默默散发着令人难以抗拒的东西。更多的汗水落在她的身上。她尝到了他皮肤上浓烈的盐味。他欲擒故纵,逼着她开口索要,逼着她进入高潮。

他下床,走了出去,把她留在那里,铐在床头板上。厨房的灯亮了。她闻到咖啡味,听到他敲鸡蛋的声音。他端着一个托盘走进来,坐在她身边。

"我必须——"

"别动。"他轻声说。他非常平静。

"把这解开——"

"嘘,"他说,"先吃东西。吃完再走。"他用叉子叉起一点炒鸡蛋,递到她嘴边。她吞了下去。鸡蛋有盐和胡椒粉的味道。她转过头去。时钟显示5:32。

"天哪,看看时间——"

"别骂天,"他说,"吃点东西。再喝点东西。把这个喝了。我去拿钥匙。"

"你为什么不——"

"喝一杯吧。听话。我和你一起喝过,还记得吗?"

她还戴着手铐,只能从他倾斜的马克杯中喝咖啡。只花了一分钟。一种温暖而黑暗的感觉笼罩了她,她睡着了。

她醒来时,他正站在刺眼的荧光灯下穿衣服。她还被铐在床上。她想要说话,但嘴里塞了东西。她的一只脚踝被另一副手铐铐在了床尾。他继续穿衣服,把牛仔布衬衫上的饰扣扣上。

"我得去上班了,"他边说边系鞋带,"没办法。"

他走出去,拿了个脸盆回来。"以防你需要它。"他说着把脸盆放在了床上。他给她盖好被子,吻了她,一个快速的正常的吻,然后关了灯。他在门厅停下来,转过身来面对她。他的身影投在床上。她的眼睛睁得大大的,充满了恳求。她在用眼睛向他哀求。他伸出双手,露出手掌。

"不是你想的那样,"他说,"真的不是。你知道,我爱你。试着理解一下吧。"

说完,他转身离开。她听着他离开,听见他走下楼梯,听见他拉上衣服拉链。门厅的灯光一暗,门砰的一声关上,她听见他走在了人行道上,脚步声渐渐消失。

她发疯似的拼命想把手铐打开。她为重获自由做了一切。她很有劲。她试图把床头板拉下来,可当她用胳膊肘把床单往后推时,却看到床头板被螺栓固定在了床架上。她把床折腾得嘎嘎作响,持续了很长一段时间。她真想大喊一声"着火了!"——这是警察告诉女人们在遇到紧急情况时要喊的话——但她无法咬烂塞在嘴里的布。她设法让那只没被铐住的脚落在地板上,使劲跺着地毯。然后她想起来楼下的老奶奶耳朵已经聋了。几个小时过去了,她终于平静下来,开始思考、聆听。她的呼吸不再急促。她听到隔壁房间传来了窗帘的拍打声。他居然没有关窗。经过刚才一番折腾,羽绒被掉到了地上,而她一丝不挂。她够不着被子。冷气袭来,漫过屋子,填满了整个房间。她浑身发抖。冷空气会往下沉的,她想。最后,她不再发抖。持久的麻木弥漫了全身。 她想象着血液在血管里缓慢流动,心脏在收缩。猫跳到床上,在床垫上走来走去。她的愤怒慢慢消退,变成了恐惧。最后连恐惧也过去了。隔壁房间的窗帘拍打墙壁的速度越来越快;风在变大。她想到了他,什么感觉也没有。她想到了自己的丈夫和孩子。他们可能永远找不到她了。她可能再也见不到他们了。这已经不再重要。她能在黑暗中看见自己呼出的气，能感觉到寒冷逐渐笼罩着她的脑袋。她开始意识到，一轮冰冷的太阳正慢慢地把东方照得煞白。是她的幻觉，还是窗外有雪花飘落？她看着床头柜上的闹钟，红色的数字在变化。猫在看着她，眼睛黑得像苹果籽。她想到了南极，想到了那里的冰雪和遇难的探险家的尸体。然后，她想到了地狱，又想到了永恒。

## 爱在高草间

科迪莉亚在一个冰天雪地的寒冷下午醒来，看着木头燃烧后的烟雾在瑟瑟颤抖的树篱后面袅袅升起。她起身，推开窗户，听见马路上隐约传来日场演出的音乐声。这是二十世纪的最后一天，冬日的空气中到处弥漫着这种音乐。科迪莉亚脱光衣服，把铁罐里的水往脸盆里倒了半盆，拧干毛巾，在手和脸上抹了肥皂。十一月底水管破裂后，她一直没有叫水管工来，而是打破大木桶上面的冰，用小桶从里面舀水。大木桶一直搁在屋檐排水管下面，用来收集雨水。这水比破碎的梦还要冰冷。她擦干身子，慢慢地穿上一件绿色衣服，把白金吊坠项链挂在脖子上，扣上扣环。她弯腰系上黑色平底鞋的鞋带，知道这一天过去后，一切都将彻底改变。

她走进厨房，把一枚棕色的小鸡蛋放进旧炖锅里，再把水壶放到炉子上，拿出不锈钢鸡蛋杯、失去光泽的勺子、条纹马克杯和盘子，等着鸡蛋煮好。什么地方有人在劈柴。这水壶总是在水烧开之前就鸣叫。她坐在敞开的门边。她已经睡过了，现在得吃点东西。

她把茶巾铺在膝盖上，敲开蛋壳，往鸡蛋上撒了点盐，给面包抹上黄油，倒了一杯茶。枯叶从大理石花纹的毡布上滑过。缅甸人相信，如果有风把槟榔叶吹进新娘家，会给新婚夫妇带来厄运与不幸。那么多琐碎无用的事实，如同旧货币一样在科迪莉亚的脑子里乱转。壁炉架上的钟欢快地滴答作响。它似乎在说，时间快到了。时间快到了。吃完后，她把空蛋壳倒过来，这是她小时候玩的一个把戏，现在已经成了习惯。她从袖子里抽出一块手帕，擦了擦嘴。时间到了。她解开辫子，梳理头发。她不知道还有哪个女人四十岁头发就变白了。最后，她从后门的衣钩上取下那件上好的黑色大衣，打开门闩，走进十二月的寒风中。

科迪莉亚已经九年没有走这条路了。它在新建的平房之间伸展，一直向下延伸进村子里。"银元"外卖店耸立在黑暗中。一辆遭到冷落的冰淇淋车，由于冬日无人照管，车轮都瘪了下去，车身上的HB标志也褪色得很严重，但"孤星"旅馆还亮着灯，出售纪念品的小店也开着门。她怀疑新世纪到来后，这些小店将再次关闭，等待夏天叽叽喳喳的游客和蹦蹦跳跳的孩子们到来。她意识到网眼窗帘的后面有一张张脸在朝外观看。她在小礼拜堂前停住脚，推开门廊的玻璃门，用洗礼池里的水给自己祝福。礼拜堂里面空无一人，她记忆中的大理石祭坛栏杆也不见了。圣坛两侧各有一尊装饰用的雕像：圣母玛利亚和圣约瑟夫。一尊是棕色的，另一尊是蓝色的。为什么玛利亚总是蓝色的呢？她很想知道。她在脚边点燃一支蜡烛，她看起来孤零零的。祭坛旁边立着一口棺材，上面覆盖着带有酒红色褶边的布，这么小的一口棺材，但她随即意识到那是教堂的风琴。她退到无人的忏悔室内，拉上栅门，低声说道：

"保佑我，神父，因为我是个罪人。"

她的思绪回到了往昔。一阵突如其来的风穿过小礼拜堂，风声听上去很怪异，尖利的呼呼声如同一场汽车赛。她坐在最后一排长椅上，随意打开祈祷书，读着圣枝主日的经文，觉得"加略人犹大"这个名字很美。

科迪莉亚沿着陡峭的下坡路继续往前走。她停下来，坐到路边，从鞋子里倒出一粒石子。金雀花掩映着这条路，这些随风摇曳的绿色的金雀花，一年中有一半的时间，会绽放出金灿灿的花朵。天渐渐黑了；她感觉到光线在流失，看着西边黄昏的蓝色天空，颜色越来越深。她站起来，一只脚迈在另一只脚前面。一层薄雾包裹着贫瘠的沙丘，正快速变浓。她感到自己的心脏在跳动，感到自己很累，一种源自骨头的疲累，而且周围的暮色正迅速加深，非常迅速。她还有很长的路要走，至少两公里。她必须在天黑前赶到那里，否则就会迷路。她想起了候诊室，想起了医生桌上听诊器闪着的光芒，想起了他的承诺，想起了他声音里的那份真诚，于是继续匆匆往前走。

科迪莉亚第一次见到医生也是黄昏时分,那是九月下旬的一个黄昏,果实落了一地。她气急败坏地从棚子里拿出一把木槌,在大门外钉了根木桩,又在木桩上挂了块牌子,上面写着"苹果待售"。一夜之间,大风把树吹得光秃秃的。她醒来后发现果园里铺了一地的果实:考克斯黄苹果、金冠苹果、绿宝苹果、国光苹果、海棠果。茂盛的草丛中到处都是擦伤的苹果。她装满了水桶、盆子、大锅和旧的手提婴儿篮子,但树下还有很多。

医生的车拐上她家的车道时,科迪莉亚正坐在大门外的台阶上,翻看着烹饪书中介绍果酱和果冻做法的那几页。她头顶上方的窗台上放着一些果酱罐,里面有淹死的黄蜂,条纹状的身体漂浮在浑浊的水面上。医生在她身上投下一个身影,高大,稳如磐石。看他的样子像是能跳过篱笆,也能爬上树。她领着他走上果园的小路,他从口袋里掏出双手,摇了摇头。

"你有铲子吗?"

他脱下外套,卷起袖子。夏天的烈日并没有把他的胳膊晒黑,他手腕上有淡蓝色的青筋,手臂内侧则像孩子在白纸上画的蓝色树枝。但他的双手一直到手腕处都是棕色的,仿佛他将手浸在了永远洗不掉的墨水里。就在太阳在天空中烧出一个橘黄色的洞时,医生也在科迪莉亚的果园里挖出一个坑。他们在坑里铺上稻草，小心翼翼地把苹果放到上面，不让它们相互挨着。

"好了，"他说，"一年四季都有苹果吃了。"

"进来洗洗手吧。"

她的厨房昏暗而凉爽，弥漫着一股怪异的霉味，还有一种医生说不出的气味。科迪莉亚递给他一块石碳酸肥皂，他洗了手。她倒了一杯牛奶，他把牛奶喝完，带着满满一搪瓷浅盆的苹果离去。科迪莉亚还把裙子收拢，装了满满一兜苹果给他。医生注意到她的膝盖，跪在青草地上的地方有明显的痕迹，还有她棕色的大腿。他驱车回家，与妻子和孩子们团聚，一路上想着这些，科迪莉亚果园里掉下来的苹果在汽车后座上滚来滚去。

医生回来还搪瓷盆，却在科迪莉亚的坚持下又装了一盆回去。然后，他再次回来。这渐渐成了一种习惯，每到星期四，医生就会在这里停车。如果天气暖和，科迪莉亚就会和医生一起在屋外喝茶。他们在斑驳的树荫下倚靠着树干。医生慢吞吞地喝着茶，像姑娘似的小口报着，午后的阳光羞涩地透过树林照进来。科迪莉亚问他关于医学院和外科手术的事，然后仔细听着。她听着他说的话，听着他说话时的口音，听着他说话时的语气，还有他的沉默和犹豫。她注意到他没有提到他的妻子。凑近了之后，她闻到他冬天外套上有樟脑丸的味道；他闻起来像一个很久没有打开过的旧抽屉。

三十岁生日那天，科迪莉亚整个上午都把脚泡在一盆热水里，听着雷雨声。她喝了三杯加了摇匀橙汁的伏特加，还在头发上系了一条丝带。医生到了以后，她拉着他的手，把他领到栗树下，栗树的枝干低垂到了地面。科迪莉亚小时候经常坐在那里，想象自己坐在一个巨人的绿色裙子里。头顶上一片蓝天透过树叶露出来，宛如擦伤的膝盖。

那天下午，医生没有要喝茶。相反，他把她长长的黄头发像绷带一样缠在手上，然后吻了她。树下慢慢变得漆黑如夜，他看时间时，不得不把手表贴到自己面前，然后急忙赶回家，在科迪莉亚家的车道上留下车轮打滑的痕迹。

那天晚上，科迪莉亚躺在床上，楼下是深绿色的果园，几只昏昏欲睡的绿头苍蝇不停地撞到玻璃窗上。燕子成双成对地从她窗前飞快掠过，遮住了房间里的光线。她望着燕子稍纵即逝的身影，惊讶于有生物居然能悬在半空中。她躺在那里听着，想象着自己听到了最后几颗熟透了的晚熟苹果在最轻微的风中掉落下来。她一直不忍心摘它们。她听到了它们落下来的声音，想象着果梗变弱，果实紧紧抓住精华源头，然后失去了源头，松开，放弃，掉落，掉落。

医生告诉妻子他出诊去了。他的车太显眼，于是他们开始在斯特兰德希尔的沙丘上见面。他们把咖啡装在壶里，带来了鸡腿、蛋糕和比利时巧克力，因为医生喜欢吃甜食。在天气暖和的日子里，他敞开衬衣,她则踢掉靴子,松开头发。但大多数时候他们只是躺在那里,身上盖着科迪莉亚的黑色大衣,听着潮水的声音,他把头埋在芦苇丛中。有时他们也会眯一会儿,但科迪莉亚总能感觉到医生的金表那不可逆转的滴答声:滴答,滴答,滴答。没多久了,它似乎在说。没多久了。她讨厌那块表;她想站起来,把它扔进大海。

科迪莉亚梦见他们在一个房间里,绿色窗帘不停地拍打着,但她怎么也无法将它们拉开。她能看到外面,但没有人能看到房间里面。当她把这个梦告诉医生时,医生开始谈起他的妻子。科迪莉亚不想知道他妻子的事。她想要他半夜用拳头猛敲她的门,拎着手提箱走进来,叫她的名字,然后说:"我冒着巨大的危险来和你住在一起。"她想要他把她抱到一所陌生的房子里,然后关上门。医生说他妻子睡得早,比他早。他说,在晴朗的夜晚,他会坐在屋后的台阶上抽支烟。他可以从那里看到更远处的海岬,可以看到那条路往下拐,一直延伸到她村庄的灯火处。

他们互相赠送东西。这是他们犯的第一个错误。他从口袋里掏出一把手术用的小剪刀,剪下科迪莉亚的一绺头发。他把这绺头发夹在一本名为《日瓦戈医生》的书里。还有一次,他们在沙丘上一直躺到天黑以后,不小心戴了对方的围巾回家。他送给她几本旧书,书页都镶了金边。科迪莉亚在厚厚的信纸上洋洋洒洒地给他写长信,还在信纸最上方贴上花瓣。夜深人静的时候,在妻子和孩子们进入梦乡后,医生爬到客厅上方,推开阁楼的门,把她给的东西放在托梁之间的石棉绝缘材料下。他知道它们在那里会很安全,因为他的妻子不敢爬高。

但医生从来没有给科迪莉亚写过一句话。当他和妻子去里斯本度假时,科迪莉亚没有收到他的只言片语,甚至连一张明信片也没有。她只见过一次他的笔迹,那是她耳朵疼、他给她开止痛药的时候。标签上的字迹几乎难以辨认:每日三次,每次一粒,用水(或伏特加)送服。


科迪莉亚就快到了。她经过停车场的混凝土栏杆,爬上陡峭的斜坡,穿过高山阴影下的沙丘。她站直身子,喘口气,看着蓝色的潮水拍打在沙滩上,不断化为咸咸的泡沫。芦苇弯下了腰,让风通过。风抚平了沙滩上所有的脚印,因此这里几乎没有什么显示人类存在的东西。只有一个断了的塑料匙、一张巧克力夹心雪糕的包装纸、一个变了形的啤酒罐、一个用珠子装饰的儿童钱包。科迪莉亚停下来,弯腰捡起钱包,但里面没有东西,内衬也破了。

镇子里的灯光照亮了东方,仿佛给那里投去了一条橙色的饰带。她听到音乐声,有旅行者在停歇的地方播放吉姆·里夫斯[①]的

---

① 吉姆·里夫斯(1923—1964),美国乡村音乐巨星,乡村音乐早期的国际性大师。

唱片，还听到了发电机有规律的嗡嗡声。一匹花斑母马嘶鸣着，沿着海边慢跑，仿佛它也梦见一个男人拿枪指着自己的头。云层越积越多，渐浓渐黑。科迪莉亚找到山丘上那块长满青苔的地方，十年前他们第一次坐在那里。她躺在芦苇丛里，拉起衣领，紧紧裹住脖子，仔细地听着。她记得他汽车的声音，记得他手腕上的青筋，记得风的歌声。

医生的妻子爬上了阁楼。一天下午，他走进客厅，看见地板上有一条黑丝带，那是他从科迪莉亚的头发上取下来捆扎她的信件的。每一封信都寄到了他的外科诊所，上面注明"绝密"。他抬起头，看到两条腿在阁楼入口边上晃荡。那是网球运动员的肌肉发达的大白腿，是他妻子的腿。

"这是谁的头发？ 这些信是谁写的？ 你最近在和谁约会？ 这条丝带是谁的？ 谁？ 我想知道。别不说话。我想知道。谁是科迪莉亚？ 科迪莉亚是谁？"医生双手插在口袋里，他妻子大声念着那些信。她开始哭泣。她这通发作开始时已是傍晚时分。他坐在壁炉边的扶手椅里，望着窗外瑟瑟发抖的玫瑰丛。她每念完一张就往下扔。信纸飘在空中，像瀑布一样落在地毯上。到最后，她还要了一支手电筒继续，地毯上到处都是信纸。许多信纸的末尾都写着科迪莉亚这个名字，笔迹粗犷有力。医生的妻子不肯下来。她在那里坐了很久，坚持说如果医生不告诉她真相，她就跳下去。

"你爱上她了吗？"

"没有。"医生说。

"她显然爱上你了。"

医生没有吭声。

"你准备就此结束吗？"

"是的。"

"你要离开我吗？"

"当然不会。"

最终，他妻子被说服，下了阁楼。壁炉里的火熊熊燃烧，因为医生神经紧张，往火里扔了好几铲煤。天亮前，当着丈夫的面，她慢慢地烧掉了科迪莉亚的每一封信。医生看着大火吞噬信纸，看着科迪莉亚那绺泛乳白色的头发在蓝色烈焰中烧焦。

"她是个金发女人。"医生的妻子说，深深吸了一口羊绒围巾里另一个女人的气味，然后把围巾扔进了火里。

医生把科迪莉亚叫到他的诊所，用低沉、敏感的声音告诉她，他们的恋情结束了。他的双手交握在一起，大拇指按逆时针方向绕着圈。被告知自己得了不治之症时一定就是这种感觉吧，她想。他不停地说着，但科迪莉亚已经不再听了。她的目光紧盯着他脑后的视力测试表。她能看清第七行。也许她得配副眼镜了。

但接着,医生的声音变了。他把头埋在双手里。

"哦,科迪莉亚,"他说,"我不能离开我的妻子。"

"多么浪漫啊。"

"你知道我不能离开。想想孩子们。想想他们问:'爸爸在哪里?'"

"如果没有孩子,你会离开吗?"

"等着我,"他说,"十年后,孩子们就会长大,离开家。答应我在世纪之交的前一夜与我见面。那天晚上来见我,我就回家和你住在一起。"他说,"我保证。"

科迪莉亚放声大笑,那是她最后一次见到他。她在候诊室里与病人擦肩而过。每个人都在等这个人吗?那个拿着纸巾哭哭啼啼的中年妇女,那个手臂上缠着绷带的苍白男人,还有那个伤员。

渐渐地,噩梦消失了。绿色窗帘和窗户收卷起来,化为了记忆,但这个承诺像一把明亮的利刃刺在科迪莉亚的脑海里。科迪莉亚渴望独处。她开始读书到深夜,开始弹钢琴,开始练习一些简单的曲子。她时常自言自语,在空荡荡的房间里无拘无束地说着一些没头没脑的话。慢慢地,科迪莉亚成了一个隐士。她用桌布盖住电视机,在上面放了一瓶花;她把收音机扔了。她列出清单,用邮寄的方式支付账单。她装了电话,因为她意识到卖泥煤的人、卖杂货的人、送煤气的人，任何她需要的人，都可以送货上门。他们把纸板箱和煤气罐放在屋外，从石头下面取走支票。她起得很晚，喝着浓茶，把清理炉栅当作例行公事。她不再去做弥撒。邻居们来敲她的门，透过窗户往里看，但她不去理会。铁锈色的灰尘落在房子上，堆积在窗台和窗帘栏杆上。似乎她每动一下，都会扬起一团灰尘。

晚上，她点燃炉火，看着火焰在泥煤周围呼呼燃烧，听着杜鹃花树篱发出的声音，听着爬山虎的叶子摩擦窗户玻璃的响声。科迪莉亚想象着黑暗中，有人舔湿手指、拇指，在肮脏的玻璃上擦出一个窥视孔，想往里看，想看到她，但她知道那只是树篱。她一直打理着花园，夏天拿着剪刀待在外面，把花园全部修剪干净，用耙子耙掉落在沙土小径上的耳朵状的月桂树叶，除草，点上无害的小火，烟雾一直飘到晾衣绳之外。被忽视的树篱开始朝房子方向疯长，变得越来越厚、越来越密，将楼下所有房间都笼罩在阴影里，太阳下山时，智利南洋杉怪异的树影会涌进客厅。科迪莉亚白天会坐在台灯旁，假装是晚上。时间变了，变得深不可测。有时，天气暖和起来，杜鹃花的蓓蕾绽放开来，她赤身裸体地绕着树荫遮蔽的屋子走来走去，手指扫过光滑潮湿的叶子和膨胀的花朵，花瓣落在她的脚边。谁也看不到她。

隆起的云朵掠过斯特兰德希尔的海岬，灰暗的云团沿着悬崖聚集蓄势，而在它们后面，黑夜释放出了黑暗。一张能看到大海的长满青苔的羊皮纸。什么都没有改变，但一切又都已物是人非。科迪莉亚感到累了。她觉得自己刚刚跑了非常非常长的一段路，心跳正慢下来，恢复正常。她把手凑到嘴边，在呼出的热气中感到安心。她感觉到风在变弱，海滩上的浪花在渐渐消失。她裹紧身上的大衣，扣好扣子。她在等待。没多久了。她闭上眼睛，想起杜鹃花瓣飘落，淡粉色的花朵和她脚下潮湿的长草。平头大剪刀，修剪树篱的平头大剪刀，他用这把剪刀剪下她的头发，燥热而又断断续续的睡眠，她脖子上渐渐淡去的青瘀，掉落的苹果，他的手指缠绕着她的头发，候诊室里那个脸色苍白的男人。

她被一支小型游行队伍的声音吵醒，人们举着火把穿过山丘，准备迎接午夜的到来。铜管乐，小号奏出的音乐。一个穿着表演服的男孩在打鼓。他们按照自己的节奏行进。女孩们穿着迷你裙，挥舞着指挥棒，向镇上的灯光走去。

"科迪莉亚。"声音来自一个女人，她站在科迪莉亚身旁，双手插在口袋里，"你不认识我。我相信你认识我丈夫，他曾经是医生。"

曾经是医生？曾经吗？

"我来这儿是想告诉你，医生不会来了。"

科迪莉亚没有吭声。她只是坐在那里听着。

"你以为我不知道?"

医生的妻子娇小玲珑,眼睛里眼白很多。她系紧雨衣的腰带,仿佛这样可以让腰身变细。"再明显不过了。如果你丈夫出诊回来,鞋子里有沙子,衬衫扣子扣错了,头发梳得整整齐齐,身上有薄荷味,而且食欲大开,做妻子的当然会明白。"她拿出一包香烟,递给科迪莉亚一支。科迪莉亚摇摇头,借着打火机的火光,注视着女人的脸。心形脸,短睫毛,坚毅的下巴。

"你的信写得很美。"

海岬那里传来鼓声。

"你知道最可笑的是什么吗?"医生的妻子说,"最可笑的是,我曾经祈祷让他离开我。我曾经双膝跪地,念一遍圣父祷文,念十遍万福马利亚,再念一遍圣三光荣经,让他离开我。他把你写的信和送的东西都藏在阁楼里;我常常听到他晚上搬梯子、爬阁楼的声音。他一定以为我是个聋子。总之,当我发现那些东西时,当他走进屋时,我确信他会离开我。有一点对你算是个安慰,他爱上了你。我敢肯定。我没有勇气离开他,他也没有勇气离开我。怎么说呢,我们都是懦夫。这真是个该死的悲剧。"

她望向大海,让自己镇静下来。

"看看你的头发。你的头发已经白了。你现在多大了?"

"不到四十。"

医生的妻子摇摇头,伸手去摸科迪莉亚的头发。

"我觉得自己像有一百岁了。"科迪莉亚说。

医生的妻子仰面躺在芦苇丛里抽烟。科迪莉亚对这个女人没有恶意,也没有她想象中的那种尖酸刻薄的嫉妒。

"你怎么知道我会在这里? 没有人知道,只有他和我。最初他要我等他的时候,我觉得很荒谬。"

"他记性很差,必须把什么都写下来。他还认为他的笔迹难以辨认。他用铅笔把你写了下来。'科。午夜在斯特兰德希尔。'"

"午夜在斯特兰德希尔。"

"不太浪漫,是吗? 你还以为他会记得这种事呢。"

游行队伍缓缓进了镇子。游客在停车场生了火,空气中弥漫着一股橡胶燃烧的气味。这时,医生跑上了沙丘,气喘吁吁,面带微笑,直到看到他的妻子。

"我瞎猜了一下。"医生的妻子说。

他站在那里,看着科迪莉亚。他看上去老了十岁。月光下,他的衣服闪闪发光。他还活着,而且已经快到午夜了。科迪莉亚很高兴,但一切都不是她想象的那样。医生惊呆了,没有向她伸出手去。他没有像过去那样躺在高高的草丛里,把头靠在她的臂弯。他站在那里,仿佛他到达事故现场太晚了,心里知道如果他早点到,也许就可以做点什么。在他们身后,海洋永恒的嘈杂声不断地融合在一起。他们一起聆听潮汐声,聆听海浪声,倒数着剩下的时间。他们不知道该说什么,也不知道该做什么,于是他们什么也没做,什么也没说。三个人就只是坐在那里等着:科迪莉亚、医生和他的妻子,三个人都在等着,等着有人离开。

## 水最深的地方

这天晚上，互惠生①坐在码头边钓鱼，身旁放着她从晚餐剩下的沙拉里拣出来的奶酪，还有她的皮凉鞋。她取下马尾辫上的橡皮筋，把头发散开。做饭和洗澡时留下的气味从房子里穿过树林飘下来。她把一块奶酪穿在鱼钩上，然后抛了出去。她的手腕很有力。鱼线在空中划出一道完美的弧线，然后下降，消失在了水中。慢慢地，她开始朝自己这边收拢鱼线，因为她这边的水最深。她以前用这个方法钓到过一条漂亮的鲈鱼。

她最近睡眠一直不好，总是被同一个梦惊醒。她和男孩傍晚在院子里。风把晾衣绳上的衣服吹得鼓了起来，黑黝黝的树木在头顶上蹭来蹭去。然后大地开始颤抖。星星坠落，像硬币一样在他们脚边叮当作响。谷仓的屋顶抖动着，像一片巨大的金属叶子，飞到空中，刮擦着云朵。大地裂开，男孩站在裂缝的另一边。

---

① 以帮做家务、照顾小孩等换取食宿和学习语言的外国年轻人。

"跳！跳呀，我会接住你的！"她喊道。

男孩在微笑。他相信她。

"来吧！"她张开双臂，"跳！很简单！"

他飞奔过来，朝她跳去。他的双脚越过了峡谷般的裂缝，然而最奇怪的事情发生了：她的手融化了，男孩向后掉进了黑暗中。互惠生只是站在裂缝边上，看着他掉下去。

她有时会在一个晚上做两次这样的梦。昨晚，她起床在浴室里抽了支烟，然后望着月亮。月光从镀金水龙头上滑下来，落到陶瓷洗脸池中，投出阴影。她刷了牙，上床继续睡觉。

那天下午，他们挖了些虫子，带着渔具来到湖边。互惠生把船翻过来，推进水里，为男孩稳住船。"出发！"她说着便开始划船，离开了码头的阴凉处。男孩戴着一顶他父亲出差带回来的盐湖城棒球队的队帽。雀斑已经在他鼻子两边长成了一片，膝盖上的痂正在愈合。她划着船，他的手垂到船外，划破水面。她收起船桨，任由小船随波逐流。蚊子很快就聚集在船的周围，形成一个小云团。

"珊瑚礁里有虫子吗？"男孩问。

一说到她老家，互惠生的声音就变了。听她说话的口气，仿佛她可以穿过去，并且用双手触摸到它。她给他的鱼竿装上鱼饵，告诉他她如何学会佩戴水肺和呼吸管潜入水下，手持鱼叉，去探索隐藏在海底的神秘世界。巨大的山脉，成群的鱼儿在那里游动，而且会突然游向另一个方向。海藻在水中旋转。一只背上有着巨大螺旋纹的海龟游过。还有海马。

"我想在这儿戴水肺潜水。"男孩说。

"那可不行，宝贝。这个湖里的水太黑，太浑浊；湖底不像海底那样是沙，而是泥。淤泥比两个成年男人的身高还要深。在这里潜水太危险了。"

男孩沉默了片刻。草地上的夸特马①嘶鸣着跑下山坡，打着响鼻，在水边停了下来。

"我们来玩'像什么'的游戏好吗？"她说着，一巴掌把胳膊上的虫子拍死了。

男孩耸耸肩。"好吧。"

她先说："这条船像半个大巴西坚果。"

"你的头像卷心菜。"

"你的睫毛像帕洛米诺鬃毛的颜色。"

"帕洛米诺是什么？"男孩问。

"一种马。有时间我给你看张照片。"

"我的眼睛像马的眼睛？"

---

① 一种善于短距离冲刺的马。

"轮到你了。"

"你的屁闻起来像烤豆子。"

"你的屁像闷雷。"她说。

"你像个妈妈。"他看着她的眼睛说。

"说到妈妈,"她说,"你妈妈应该快回来了。我们得回家了。"她抓起船桨,把船划到了岸边。

马上就到复活节了。晚饭前,他们坐在活动室的地毯上,用他妈妈从城里买来的又厚又贵的纸做卡片,互相称呼对方为伙伴。他在卡片上写道:"复活节快乐,伙伴。多吃点鸡蛋。"她握着他的手,替他把一个个字母写出来,但具体写什么由他说了算。最下面的"X"是他自己画的。卡片正面,他用蜡笔在棕色的背景上画了两个线条人。

"那是什么?"他父亲问。他身材高大,一头红发,祖先是爱尔兰人,有着深蓝色的眼睛。他抽着雪茄,跷着双脚,正在看CNN的节目。

"水肺潜水员。"男孩说。

"我明白了。"他爸爸笑了,"过来,儿子。"

男孩站起来,爬到父亲的腿上。

"休息一下,亲爱的。"男孩父亲对互惠生说。

她站起来,走过堆在厨房水槽里的餐具,走进外面的夜色,砰的一声关上门。

互惠生在湖边听到冲厕所的声音,然后是洗澡水在水管里的哗啦声。到了睡觉的时间。男孩的妈妈身材高大,金发碧眼,颧骨很高,在市中心开了一家房地产中介。每天都是她哄男孩上床睡觉。这是约定好的。她给男孩洗澡,然后给他读《绿鸡蛋和火腿》或者《野兽出没的地方》。他妈妈受过良好的教育。有时她会读罗伯特·弗罗斯特的诗集,用音响播放莫扎特的音乐。稍后,互惠生会进去看男孩是不是还醒着,给他一个晚安吻。

去年冬天,他们去北方旅游,坐了三个小时的飞机到纽约度长周末。他们住在酒店十九楼的一个套间里,套间有个小阳台,可以俯瞰曼哈顿的景色。那天晚上,男孩的妈妈穿着宽松的丝绸连衣裙和貂皮外套,挽着丈夫的胳膊,出去吃饭。互惠生通过客房送餐服务点了一份蘑菇披萨和两杯可口可乐,然后与小男孩玩蛇爬梯子的游戏。他掷骰子,他们在游戏板上爬上爬下,一直玩到睡觉时间。互惠生没有立刻睡觉,而是洗了个热水澡,把自己裹在法兰绒睡衣里,睡衣翻领上印着酒店的标识。她打开阳台门,坐在扶手椅上望着天边,暮色在最高的建筑物后面渐渐化为黑暗;但她不敢走到阳台上往下看。她给家人写了几封信,说她可能无法回去过圣诞节,说她多么想念大海,但主人家对她很好;她什么都不缺。

他们回来时已经很晚了。她在椅子上睡着了,但听到他们在卧室里说话的声音后醒了过来。然后,说话声停止了,男人走到阳台上。雪茄的烟味和冰冷的空气飘进了房间。他锁上阳台的门,走了回来,坐在沙发边上,居高临下地看着她。他身上散发着啤酒和马球牌须后水的味道,互惠生感觉到了他身上高档羊毛套装散发出的寒气。

"你知道如果我们失去孩子会发生什么,是不是?"他说,"失去了孩子,也就失去了照看孩子的人。把阳台的门锁好,亲爱的,不然的话,你就乘第一班飞机回家吧。"然后他吻了她,一个奇怪的刻意的吻,一个在机场给予某个你巴不得他离去的人的吻。然后他站起来,走进卧室,回到妻子身边。

听到他的鼾声后,她站起身,走到阳台上。一阵微风吹过,宛如一个筛子,将漫天飞舞的大朵雪花筛成小的雪花。十二月的夜晚,灯光犹如点点繁星,街头不时传来车流声。很快就到圣诞节了。她抓住栏杆往下看。下面街道的十字路口充斥着愤怒的黄色出租车发出的咆哮声。她吸了一口气。她记得在什么地方读到过,恐高症掩盖了坠落的吸引力。突然间,这对她有了某种可怕的意义。如果她不想跳下去,那么就算站在边缘,她也不会有任何想法。她想象着坠落,想象着那是什么感觉,俯冲下去,像那样消失,只在瞬间意味着一切,然后不再存在。她退回到房间里,锁上了门。

第二天早上,他们计划去参观F.A.O.施瓦茨玩具店。互惠生在大厅里把男孩的名字和房间号码写在一张纸条上,别在他的裤子口袋里。

"如果你迷路了,把这交给一个好心的警察。"

"可我不会迷路的!"他说。

"你当然不会。"

湖边,夜色渐浓。互惠生感觉到远处岸边的灌木丛里有动静。那片田野的某个地方有野猪。有一次,男孩的父亲捕获了一头野猪,花钱请人宰杀,把冰箱的冷冻室塞得满满的。再甩十几次鱼线,她就回去了,反正奶酪也差不多用完了。她听着青蛙呱呱的叫声,不知怎么的,想起了老家电栅栏发出的嗒嗒声。她父亲教导她,永远不要用手掌去触碰电栅栏,而要用手背;如果栅栏有电,身体的本能反应会让她把手缩回去,而不是抓住栅栏。在她看来,父亲的职责就是教她些琐碎小事。非常实用的小事。如何系鞋带,如何系安全带。她收了鱼线,看了看鱼饵,又将鱼线甩了出去。鱼饵扑通一声落入水中,但她已无法看清鱼线划过天空的痕迹。

没有人看见男孩离开家。他从后面的台阶上溜了下来,却没有像别人告诉他的那样抓紧栏杆。他的眼睛还没有适应黑暗,但这没有关系;他知道通往湖边的草坡。他能看见她那件淡颜色的衬衫,袖子卷了上去,手肘向后一仰,甩出了鱼线。男孩跑了起来,尽管他们告诉他绝对不要在水边奔跑。他的胸口发出细小的咕噜声,就像他把表妹的洋娃娃倒过来又顺回去时娃娃发出的声音。互惠生背对着他。男孩的脚步悄无声息,他像潜伏在清凉草丛里的美洲豹那样无声无息。

直到他的脚碰到了码头的第一块木板,互惠生才转过头来。

"哟嚯! 来抓我! 来抓我呀!"男孩喊道。

他跑了起来,而且跑得很快。鱼竿从她手里掉了下来。男孩的脚被什么东西绊住了,然后他仿佛走了很长很长的一段路。互惠生一时动弹不得,既想站起来,又想转过身。男孩感到一阵寒意。突然,她伸出双臂,像他知道的那样抱住了他。他扑倒在她的肩膀上,咯咯地笑着。"惊喜!"他喊道。

但是她没有笑。

男孩沉默了。他在她的肩膀中找到了安全,但在这安全的背后,他察觉到了危险。在她的身后,什么都没有。只有又深又黑的湖水,湖水下面便是柔软的淤泥世界。比两个成年男人身高还要深的淤泥。

"哦,我的宝贝,"互惠生低声说,"好了,好了。"她摇晃着他,他把头靠在她的肩膀上,靠了很久很久,感觉着她的胸脯一起一伏。她吻着他丝绸般的头发;他的睫毛擦过她的锁骨。互惠生抱着他,直到他们的心跳慢下来,一个女人的声音在呼喊男孩的名字。然后,她抱着他,回到灯火通明的房子,把他交给他的妈妈。

# 舞 蹈 课

别问我为什么大家都叫他"荡妇吉姆"。老妈把他的形象印在了我的脑海里,而我当时恰好处在对人的看法会先入为主的年纪。这一点有我收集的海报作证:爱尔兰硬摇滚乐队瘦李奇穿着 V 字领衣服,袒露着胸部;盖尔式足球明星帕特·斯皮兰的双腿在我卧室的墙上疾跑,牢牢地盘着球。我爱吃甜食,也喜欢男人。还喜欢图像。

我有过目不忘的本领。我能看出表哥婚礼相册每一页中俗气的东西,蛋糕上的 U 形装饰物,男人比女人略高,他们的脚陷在糖霜里。我用图像把自己的生活分成不同时段,就像其他人每个月会让日历在他们周围画一条线一样。"荡妇吉姆"出现的日子是最奇怪的图像集中的时段。

我们当时在杀猪,蘸着酱汁吃猪油烹炸的猪肉。橡皮泥灰和苹果绿,这就是我家的颜色。老妈用裙子下摆端着我的餐盘,在我的嘴巴吃个不停的时候,她滔滔不绝地说着一天的见闻:

"你们真该见见你老爸新雇的那个伐木工。他们管他叫荡妇吉姆。瞧他那大个子！实话告诉你们吧，他就这么走进来，靠在那边的隔墙上，我还以为整面墙都要塌掉呢。"

我哥哥尤金背着她做了个手势。我叉起一块猪肉，脑海中浮现出一个巨人，他走过的地方大地都在颤抖。一个不知道自己力量的人。这可能很危险。我见过老爸一拳打断一头奶牛的肋骨，只是想把它赶进牛栏里去。

"我把晚餐给他，他根本都不用站起来，伸手就能抓住锅柄。吃了十一个土豆。十一个土豆呀，想想看！算你走运，还剩一个。"

老妈在餐具抽屉里翻找调羹。我猜甜品又会是西米露和炖苹果。我倒是希望能吃到雪利酒蛋糕、黏稠的焦糖，还有大块的冰淇淋。

"甜品是什么？"

每到星期六晚上，他们就会把我一个人留在家里。尤金虽然不跳舞，却也去了。如果和我待在家里，别人会觉得他太女孩子气，因为他比我大很多。整整七岁。我是老爸的弹尽粮绝之作。我最近才发现这一点。老妈说我是家里的"意外"。老爸告诉别人，我是"抖落袋子时掉下的最后那颗种子带来的"。我想这意思差不多。

老爸老妈都是舞痴。老妈说不会跳舞的人只能算半个男人。她在客厅里教会了我大家在丰收季节跳的吉格舞、华尔兹、快步舞和

"恩尼斯被围"舞。她说跳舞是种很好的治疗方法，能让她觉得自己与这个世界同步。她还说，我们大多数时候都是随遇而安，任凭风吹雨打，但跳舞能让她放松，让她的关节得到润滑。每个人都应该知道如何在自己的世界里移动。她放上唱片，我把力士香皂粉撒在油布地毯上增加光滑度，然后我们像两个疯子似的在客厅地板上旋转。我是疯狂的男舞伴。经过餐具柜时，我假装自己没有注意到她在看镜子里的自己。跳"生死之墙"舞时需要两对舞伴面对面，于是我们向想象中的舞伴伸出手，把他们带到他们应该去的地方。我喜欢这样，知道老妈会做什么，而且在她迈出步子之前就知道她下一步会到哪儿，根本都不用去想。

星期六到处都是姑娘们的气味：湿头发、指甲油和甘菊洗发水。老妈在厨房里做头发。我们把厨房叫作美容院。我用嘴唇咬着发夹，把她的头发卷在带刺的卷发器上，再用定型乳液固定好。她用发网罩住头发，坐在烘发机的罩子下。那是"他和她"理发店倒闭时我们在拍卖会上买来的。我递给她一本旧的《妇女周刊》，想象它是《时尚》杂志。杂志最后一页被撕掉了，这样老爸就看不到女人的各种问题了。

"想喝杯咖啡吗？"我大声问，声音盖过了噪声。

家里从来没有过咖啡。她待在下面，听不见，像个老太太一样大声说话。我递给她一杯起泡的阿华田。一个小时后，她出来了，如释重负，脸色红润。然后是擦鞋油的声音，蒸汽熨斗熨平褶皱的嘶嘶声。报纸娱乐版面翻动的声音，老爸在脸上抹出一层肥皂泡，把印有头条新闻的那张报纸撕下来，贴在下巴上止血。老妈扭动着身子，穿上肉色紧身褡，还有用来收腹的宽大的松紧带短裤。我叫她"大肚婆"：

"你现在要去跳舞吗，大肚婆？选美比赛在哪里，大肚婆？你的大肚子去哪儿了，大肚婆？"

她叫我"捣蛋鬼"："闭嘴，你这个捣蛋鬼。"她用香水瓶的玻璃塞子在耳朵后面点上几滴铃兰香水，然后把那双轻快的脚滑进舞鞋里，准备出发。

"你不会掉进炉火里吧？"老爸总要说最后一句话。他把车钥匙弄得叮当作响，仿佛整个教区只有我们家有车似的。

"不会的，爸。"

尤金穿上条绒外套，看了我一眼，好像我不应该来到这世上一样。

九点的新闻过后，电视上开始放电影。我换上睡衣，找到饼干。老妈会把饼干藏在洗衣机里、手风琴盒里或搅拌器里。有一次，尤金把饼干吃光了，还留下一张纸条，上面写着："下次找个更好的地方藏起来。"大肚婆气疯了，所以我们现在什么都不留，她也什么都不说。在我们家就是这样，每个人都知道一些事情，却假装不知道。

我关掉所有的灯，跷起双脚，坐在黑暗中自娱自乐，希望那些男演员能脱得一丝不挂，来个裸泳的特写镜头。今晚放的电影名叫《群鸟》。一群鸟儿在电线上排成一行，玻璃般的眼睛望着下面的孩子。准备俯冲。就连老师也无法保护他们。我想起了灰色的乌鸦啄我们家母羊眼睛的情形。我听到一声响，但那只是牛奶过滤器在风中撞到玻璃上的动静。看上去像金属爪子，一只像金属丝做的手。我拉上门闩，让塞特犬坐到沙发上。电视上群鸟向镇子俯冲下来时，我吓得一直闭着眼睛。

汽车前灯的灯光扫过房间时，已经是午夜过后了。老妈摇摇晃晃地走进来，打开冰箱门，冰箱里的灯光照在她绯红的脸颊上。老爸把水壶放到电热板上，暖了暖手，准备吃点东西。

"在希勒拉格镇上看到荡妇了。他居然在和人跳舞。"

"还有她那体型，"老妈插话道，"坐在他身边都没有一只矮脚母鸡大。两个人都没踩到点子上。真他妈的没用。"她狠狠地咬了口西红柿，尤金则趁她还没来得及唠叨舞蹈课，朝楼梯走去。

"矮脚鸡怎么样了？"这是我见到荡妇吉姆时说的第一句话。他红着脸大笑起来，听上去像有什么事情要发生了。他的嘴唇很厚实，一头金发，站在他旁边就像站在树荫下。他的块头堪比衣橱。

我真想解开他衬衣上的所有衣扣,看看里面有什么。他最常用的一个词是"嗬"。

"嗬,这矮脚鸡是谁呀?"那声音像是从一口井里冒出来的。

老爸坐在餐桌的首座,在手掌间搓着烟丝,然后将它装进烟斗。他抿着嘴,眼睛里却带着笑意。

"老妈说你的舞伴像一只矮脚鸡。"我说。

"嗬?"

"你让她整个星期都抱窝吗?"

"也许她根本就没有抱窝。"

"那就拔她的毛。"

关于矮脚鸡的笑话一直持续到最后。什么"孵蛋"啦、"拔毛"啦、"斜视"啦、"笨拙"啦,这些笑话伴随我们度过了整个夏天,甚至还有以后的日子。

荡妇不系皮带。他把裤子往上拉时,裤脚都没有到脚踝那里。碰到下雨天,男人们便待在家里,在院子里干些杂活。他们修篱笆,给羊修蹄,焊接一些小东西。每到星期六,尤金会一边看《体育馆》节目,一边咬指甲。我帮荡妇劈木棍。我知道怎么区分木头的两端,知道要顺着树木生长的方向把木头竖着放在劈柴墩上,这样荡妇劈起来会容易些。不过,我觉得木头怎么放都没有区别。不管有没有节疤,那把斧头每次都会把木头劈开。就连冬青,父亲说它们是该死的"难劈的木棍",也会在他轻松劈砍之下裂成两半。我们形成了一个节奏:我把木头放上去,他把它们劈开。如果是别人,我会立刻把手缩回来,但换了荡妇吉姆,情况就不一样了。我和他就像同一台机器上的两个部件,快速而流畅。我们彼此信任。每次我把木头放到劈柴墩上,他都会轻轻拉一下裤腰,然后那裤腰又会随着斧子的每一次挥动而往下滑。

到了夏天,我也成了名伐木工。大肚婆说那可不是女孩该干的活。在她看来,女孩就应该在酥皮糕点边缘弄出花样来,最多洗洗车。我应该整理房间,应该练习把一本书平放在头顶,在屋里走来走去,以此来改善自己的步态。只要能让我待在家里就行。

"别让她靠近电锯。要是她从树林里回来时没有了脚,就不要回家了。"

我们都见过这种事。脚趾被锯掉,一只胳膊被绞车绞断,还有一次,一匹母马被牛虻叮咬得发了疯,把砍下的木头拖拉到马路上,把汽车撞成一堆废铁。不过,一到早晨,我就起床准备好,在巷子里等待着荡妇的那辆雅士。

我的任务是赶马。那是一匹灰色的克莱兹代尔马,脸上的毛是白色的,如果再高上一英寸,身高就会有十七个手掌宽度[①]了。它

---

① 一个手掌宽度相当于4英寸,即10厘米多一点。

身上透着温暖的泥土味,颇似潮湿花盆里泥土的芳香。我把鼻子贴在它脖子上,嗅闻着。它也很聪明,遇到障碍时知道停下来,不会慌乱到把你的肩膀拉脱臼。它从来没有什么恶意,不过,要是你的动作不够快,它的尾巴还是会抽到你的脸上。我们在山坡上伐木,先伐倒一排,间隔一排,再伐倒另一排。荡妇和老爸把树放倒,然后再把树枝锯断。这里大多是锡特卡云杉,还有落叶松,那可是修剪树枝的人梦寐以求的。我把铁链钩在木头捆上,赶着母马沿一排排树木走到车道上。我尽量把木头捆得结实一些,保持两端齐平。我解开钩子,将链条提起来放回马颈轭上,然后抓住母马的尾巴,让它把我拉回砍伐现场。荡妇说我脑子不简单,因为我能想到这个点子。老爸说我应该把脑子匀一点给尤金,因为他整天什么也不干,只知道把屁股坐在沙发上,把鼻子埋在书本里。

饭菜很丰盛,蘸番茄汁的苏打面包和红酱沙丁鱼。我们边吃边用马克杯喝茶和牛奶。茶装在一个保温瓶里,牛奶则装在一个旧的科克伦牌柠檬汽水瓶子里。一天结束的时候,茶的味道是苦的。荡妇一屁股坐到保险杠上,使得它凹下去一块。嘴里虽然塞满了东西,他仍然不忘说些什么。

"该死的苍蝇。"他拍着苍蝇说。这些苍蝇一会儿落在马粪上,一会儿落在果酱上。它们在伐木区追着我跑,都快把母马逼疯了。马在河岸上吃草,我倒骑在它身上,双脚耷拉在马肚子两侧,等着

053

有人打开饼干。荡妇把我举了起来。他叫我"桃子",但我一点也不像桃子。老爸说我更像一根大黄茎秆,又长又酸。

"桃子,对付那畜生,你可真有一套啊。它都快把我的屁股给咬掉了。"

"反正你那屁股老是垂在那里,荡妇。给,"老爸说着递过来一根捆包绳,"在你买皮带之前,先拿这个凑合吧。"

"嘀?"荡妇笑了,却没有把裤子系上。他只是看着那根绳子,那神情吓得老爸把绳子揣回到口袋里。他拉了下腰带,就像戴眼镜的人把鼻梁上的眼镜往上一推。

荡妇把伐木这行的窍门教给了我。他竖起一根粗大的手指,但是在说下面这番话时并没有弯腰:"在取下钩子之前,不要解开木头捆;木头捆要是散了,会把手指弄断的。不要站在锯子前面;要是接头松了、链条断了,你他妈的就完蛋了。"他打开了脏话连篇的成人语言禁区,邀请我进去,然后他任由我独自去掌握。

我们一直干到黄昏。到了傍晚,林场的人会带着水壶过来,给树桩涂上粉红色的杀虫剂。我们把锯子、润滑油罐和汽油罐藏在伐木区的最高处,然后放母马回到路边的牧场里。每个星期,装有机械爪的卡车会来将圆木装到车上。每辆卡车能装二十五吨,我们得到的是一张支票,而我则在做完弥撒后能得到一磅果味软糖、一本《班迪和朱迪》漫画书、两块巧克力夹心雪糕和几大块硬糖。

"学校都教你什么？"我们把母马赶到牧场上时，荡妇问道。

我学过三角函数。"我知道三角形斜边的平方等于另两条边的平方之和。"

"鞋边是什么？"吉姆把副驾驶座位向后推，给自己的腿腾出空间，但他的膝盖仍然紧贴着仪表盘。他从敞开的车窗把手伸出去，抓住母马的缰绳让它跟在车旁边小跑。"跑快点，你这懒婊子！快点！快点！你这毛茸茸、臭烘烘的婊子。跑快点！"他用左手拍着车门外侧。

"孩子，荡妇！车上有孩子！"老爸提醒他道。

荡妇回头看着我。老爸也从后视镜里看着我，但我假装什么都没有听到。

"这个鞋边是什么？"

这些就是当时的图像。三个肮脏的伐木工人捆扎木头，树皮下的圆木光滑洁白。林场的人看着我，因为我是个女孩。吃着一包包波旁奶油饼干，随地吐痰，下雨的时候在车里听第一电台的节目，打磨链锯，用锉刀把锯齿磨得锋利无比，如一串致命的项链般闪闪发光。荡妇问我在学校学到了什么，手中的锉刀每一次用力，锯齿都会倾斜一点，变得更为锋利。老爸说荡妇是用锯的高手。老爸的上一个帮手把一根火柴塞在火花塞和油箱之间，搞得电锯发动不起来，可是老爸发现了，当场解雇了那个人。我把在学校学到的东西都告诉了荡妇吉姆。我知道奥利弗·克伦威尔①曾对穷人说"要么下地狱,要么去康诺特②"(我能看到他骑着黑马,指着西边),说耶稣发怒了。我可以背诵威廉·布莱克③的诗:

老虎!老虎!黑夜的森林中
燃烧着的煌煌的火光,
是怎样的神手或天眼
造出了你这样的威武堂堂?

我可以在脑海中看见书页上的这首诗,还有结尾处那弯弯的问号。荡妇握着我的手,把我抱到汽车引擎盖上,让我冒雨站在上面背诵诗歌。我背诵了几首。他问我"不朽"是什么意思,可我也不知道。他说我是爱尔兰最病态的孩子。

"快让那孩子进来,别淋着雨!"老爸坐在驾驶座上,他的这句话很煞风景,"听到了吗,荡妇? 她会冻死的,到时候就让你把她带回家!"

---

① 奥利弗·克伦威尔 (1599—1658),英国军人、政治家,内战时率领国会军战胜王党军队,处死国王查理一世,成立共和国,任英格兰、苏格兰和爱尔兰护国公。
② 爱尔兰的一个省。
③ 威廉·布莱克 (1757—1827),英国诗人,擅用歌谣体和无韵体抒写理想和生活。

但荡妇只是笑了笑:"再背几首诗吧,小桃。"

我像老爸口中的大黄茎秆那样迅速抽条,开始了转变。我对表姐的旧衣服产生了兴趣。印花衣裙,窄窄的漆皮腰带,再配上挤脚的尖头鞋。我一瘸一拐地从学校回家,大声宣布自己来例假了。老妈赶紧要我别嚷嚷,然后给我松紧带和毛巾。我想这就相当于老爸贴在下巴上的报纸。

"别让你老爸看到这些。"她说。她总是把女人用的东西藏起来,好像我们是禁忌似的。

现在我十三岁了,他们不再允许我跟男人们在一起。这在学校里、在体育课上也一样。我打篮球,练跨栏,回到教室时满脸通红,汗流浃背,在课堂上不停地说话。没有人坐在我旁边,因为我身上的气味闻上去像胎盘。我垫上护垫,喷上铃兰香水,去酒吧跳舞。每次都能在那里见到荡妇吉姆,而且总见到他和矮脚鸡在一起。酒吧里烟雾腾腾,我和老爸认识的几个老人跳华尔兹,看着山姆·柯林斯穿着漆皮鞋在舞池中跳来跳去,带着大肚婆转圈,而且把左手举得高高的,让她几乎够不到。他有着一头油光水滑的银发,往后梳得一丝不乱,长着一双马一样的眼睛,我们都叫他狐狸。男人们抓住我的腰,几乎要把我抡起来,仿佛我是一桶水。他们紧紧搂着我,并且找借口说是不想让我摔倒。他们的衬衫后背湿漉漉的。我用高脚玻璃杯喝"杯杯香"梨味汽酒。它们尝起来像冰淇淋，也能让周围的画面变模糊。尤金坐在那里，胳膊肘搁在吧台上，看着跳舞的人，脚上的鞋子随着音乐节拍敲打着凳子横档，可他不愿意踏足舞池。

荡妇不会跳舞。如果他的脚跟上了节拍，那纯粹是意外。他就是跟不上节奏。他把我带进舞池，双臂环抱着我，把重心从一条腿换到另一条腿，大步跳起了华尔兹。我的个头到他衬衫的第四颗纽扣那里。如果我踮起脚尖，目光差不多可以越过他的肩膀。我能闻到他身上的气味，从他胸口的肋骨那里散发出来，仿佛他流的不是汗水，而是树脂。他的头发，他衬衫下的温暖，还有他在地板上移动的大脚，都让我想起那匹母马。我试着引导他跟上节奏，还夸张地摇晃身体，但他就是感觉不到音乐，最后我踩到了他的脚趾。

他说："我真应该给鞋子装上钢制鞋头。"

矮脚鸡甚至没有我高，又黑又胖，长着和他一样的嘴巴。她穿着宝蓝色的衬衫，胸前缀着金色的亮片。荡妇如果系了皮带，皮带扣肯定会把那些亮片刮掉的。他们两个看上去就是这样滑稽。

酒吧打烊的时候，情侣们站在外面，女人背靠着山墙，男人双手撑着墙砖，俯身亲吻着她们。我们在学校里把这叫作亲嘴。我很想看荡妇和矮脚鸡亲嘴。我也不知道为什么，就是想看看那是什么样子。我想他得把她抱起来，让她站到啤酒桶上。我到处寻找他们，可山墙那儿从来没有他们的身影。我想知道亲吻荡妇、让他有力的手伸进我的裙子、让他的嘴亲吻我的嘴，会是什么样的感觉。老妈搂着我的肩膀，把我带到车上，把那个浪漫的世界和男男女女的缠绵挡在外面。

这里的冬天很暗。我躲在窗帘后面瑟瑟发抖，上厕所时蹲着，不敢碰马桶座圈。楼下的煤油加热器在厨房天花板上投下眼泪状的暗影。荡妇进来时，老妈把灯芯拧大，让那些暗影舞动起来。我想着她打开烤箱把第二条面包放进去的样子。在我吃意大利面和炸香肠时，她把我的头发编成两根长辫子。她把大拇指在舌头上弄湿，抓住那些散乱的头发。我听着荡妇那张粉红色的嘴巴小口喝茶的声音，看着绘有圣星百合图案的铸铁壶在窗外的铰链上晃来晃去。我不想去上学。

等公交车时，我把车道小水洼上结的薄冰噼里啪啦地踩碎，拿一截树枝当烟抽，喷出一团团白雾。我在学校里长了虱子。老爸用他干过农活的大手牢牢摁住我的头，老妈则把松节油气味的乳液倒在我头上。她用梳子顺着我的头皮刮下来，将虱子篦到厨房桌子上，再用拇指指甲一一碾碎，嘴里还念叨着："瞧，弄死它了。"

这个星期六下雪了。我把母马身上除眼罩以外的东西全都卸了下来，让男人们去收拾装备。我要一路骑着它回家，让它待在马厩里，直到天气好转。当汽车从我身边开过去时，母马嘶叫着在后面小跑，但很快我们就被甩在了后面。荡妇的手从副驾驶座旁的车窗伸出来，挥了挥。有时你会以为他是教皇或某个大人物。路上很安静，但母马竖起了耳朵。再往前走，我看见三匹刚满一岁的小公马驹靠在牧场的大门上，等待着。我试图把母马拉到路的另一边，可它没有戴嚼子，根本不听我的。它把鼻子凑到小马驹的鼻子上，嘶叫起来。我翻身下马。小马驹的生殖器都伸了出来，粉色和黑色相间的软管一样的生殖器几乎到了它们的腰围线那里。它们打着响鼻，撞着大门，到后来我甚至觉得那大门会倒在我身上。母马猛地抬起后腿，蹲在路上撒尿。我用力往下拽缰绳，可它不理我。它的响鼻声越来越深沉，小马驹们撕咬着对方，嘴巴快速地一张一合。它们用蹄子刮擦着门闩。我朝它们扔石头，它们终于跑开，一溜烟跑到牧场上，然后又跑回来，在我拉着母马回家时，它们就在母马旁边的沟里小跑跟着。我不敢骑到母马身上，直到离那些小马驹已经很远了，因为我知道只要有一点点机会，它就会跑回去。

我到家时，荡妇那辆灰色的雅士还停在院子里。他从马厩里走出来，一把将我从马背上拉到他怀里。

"你冻僵了吗，桃子？"他说。

"它在发情，荡妇！"我的牙齿在打战，手也冻僵了。

"嗬？"

"我不是在开玩笑。那些小马驹为了得到它差一点要翻过大门。"

荡妇没有做声,只是笑着把燕麦倒进母马的食槽里。我们穿过结冰的泥地,向房子走去。大肚婆用牛排骨头炖了一锅汤,还有饺子在汤面上浮动。尤金在看书,书名是《宇宙边缘的七个致命夜晚》。自从我上次看到他,他就一直皱着眉头。大肚婆一面给大家分菜,一面告诉荡妇这种天气他不能回家。他必须留下来过夜,而且根本不容他分说。

我们在楼上给备用的床铺铺床。

"我希望那个浑身是毛的家伙不要打呼噜,弄得我和尤金整晚都睡不着觉。"我这么说是为了不让她猜出我的心思。

"你的嘴越来越损了,年轻的女士。这件事我得跟荡妇说道说道。"

但她永远不会。她和我们一样,觉得荡妇全身是宝。


他不知道我在看他。一道蓝色的亮光斜着将房间分成两半,他就站在那道亮光中。我很高兴下雪了。荡妇随手关上门,连衬衫上的扣子都懒得解开,而是抓住后衣领,把衬衫拉到头上,脱了下来。他的胸口长满了毛,腹部是一块块肌肉。他拉下拉链,露出双腿,坐下来,把裤腰拉到脚面上。我模仿着远处床上尤金的呼吸声。荡妇穿着海军蓝内衣走到我的床前。他俯下身贴近我，呼出的气吹在我的脸上。我正准备让他吻我，却听到另一张床传来嘎吱声。

他的双脚悬荡在床尾外。四周一片寂静，但是我知道外面还在下雪。光线变得更白了。我们在雪堆里面很安全。下了雪。被困住了。也许积雪会越来越厚，他得再住一晚。

"你睡着了吗，荡妇？"我低声问。

"嗬？"他沉默了好长一段时间，"这屋子真他妈的冷。"

我裹着毯子向他走去，掀开他的被子，钻了进去，让两个人的体温合在一起。我贴着他的后背躺下，将热气呼到他的脖子上。我的手顺着他的腰向下摸去，滑过他硬邦邦的腹部，羞怯地穿过那一团团卷曲的阴毛。我觉得他硬了起来。我想到了那些小马驹。他翻过身来，双手冰凉。又大又轻柔又精确。"天啊，桃子。"我听见他低声说，他的意志力在消退。

无线电收音机里说，爱尔兰下了三英尺厚的雪。我找到一辆旧大众汽车的引擎盖，和荡妇玩了一下午，从最高处的田地滑下去，越过小沟，穿过车道，在下面的田地滑出一条漂亮的弯道。这条弯道每次都会变长一点，可每当我们在最下面站起来再回头看时，我总忍不住想再来一次。荡妇一手拉着引擎盖，另一手拉着我，几乎一句话也没说。突然间，我变成了一个谁也不知道的人。

我给母马套上马鞍，带它在雪地上绕了一圈，沿着小路向前，一直跑过了沼泽地。月亮宛如一个冒牌的太阳，照亮了黑暗的天空，但大地一片洁白。这个世界已经翻天覆地。到了傍晚，四周仿佛镶了一道蓝边，就像电视机里的蓝光。所有的电锯都停了下来。我听着母马喘息的声音，还有踩压积雪的马蹄声。松树的芬芳无处不在。我们刚刚沿着车道慢跑，母马就惊跳起来。一只野鸡拍打着翅膀，飞过树林。有风的时候，马很容易受惊。我勒住马，侧耳倾听。可能是鹿。我下了马，牵着它来到树丛中。地上没有积雪，脚下的青苔光滑，母马绊了一下。树枝下有一个黑乎乎的东西。然后我闻到了味道。母马扯着缰绳。我停下脚步，仔细听着。风吹过树梢，像有人在学吹口哨。我们循着气味走去，然后看到了源头。荡妇的靴子在那儿，鞋带系得整整齐齐，裤脚都没有到脚踝那里。他的靴子与我的视线齐平，但靴子下面没有地面，空荡荡的，什么都没有。我走近一点，看到了他的脸：他的脸是黑色的。上帝啊，还有这气味。他吊在绳子上，风轻轻吹来，他的身子在空中旋转。我甚至无法砍断绳子将他放下来。他就这样吊在那里，身上还有他自己的排泄物。我把他留在那里，骑马飞奔回家。

把其他人带到那里，让他们看到他那个样子，这对我来说是最艰难的。他们站在那里，看着，咒骂着，嘴里不停地说着耶稣啊、圣母玛利亚啊，看在耶稣的分上，像他这样的好小伙子为什么要做这样的事呢？他们摘下帽子，将他放在我们用作雪橇的大众汽车的引擎盖上，运下山，老爸将自己的外套盖在了他身上。尤金站在那里看着我，仿佛这是我干的一样。

我们守灵回来后坐在客厅里。客厅宛如一家二手家具店，墙壁漆成了石灰绿色，天花板下有一圈褪了色的玫瑰花边。大肚婆从餐具柜里拿出一瓶布里斯托尔奶油雪利酒，倒满四个杯子。院门的挂锁撞击着扣环，砰砰声打破了房间里的寂静。老爸眼睛一眨不眨地盯着火星，看着火星上蹿到煤烟中。尤金已经咬光所有的指甲，只剩下血淋淋的指甲根。我们四目相遇时，我看到他的目光里充满了指责和责备。我的呼吸变得急促起来。

大肚婆从厨房里拿出蜡烛，那是她在复活节得到的白色祝福蜡烛。她用老爸的火柴将蜡烛点燃，用融化的烛油将它们立起来，放在房间不同的地方。她从唱片套里拿出一张唱片，把灯关掉。烛光照亮了房间。壁炉架上放着几个奖杯，那是几对镀银的舞伴，永远保持着旋转的翩翩舞姿。它们在烛光中颤抖。音乐响起。大肚婆抓住尤金的手，把他拉了起来。他不想跳舞，但她拉着他的手不放。我知道她在做什么，从老爸躲躲闪闪的眼神，还有他在老妈换衣服时的神情中,我知道肯定有什么事发生了,而且知道老爸老妈已经聊过了。他们已经计划好了。老妈一直认为男人就应该会跳舞。在她看来,荡妇唯一的缺点就是他在舞池中那羸弱的长腿和笨拙的动作。为了以防万一,她正在教尤金,仿佛只要他学会这些舞步,就能帮他渡过难关,以后不会给自己的脖子套上绞索。

她开始跳慢华尔兹,他不情愿地跟着她,重心从一条腿转移到另一条腿,身体僵硬,双脚模仿着她的舞步。老爸死死地盯着炉火。大肚婆带着尤金绕着家具转圈,嘴里小声念叨着一、二、三,一、二、三,直到音乐停下来。唱针在唱片纹槽中发出噼啪声,节奏一改,变成了一首快步舞曲。老爸站起来,脱掉大衣,抓起我的手。他吊裤带上的钢扣扎进了我身体的一侧。唱机里传出一个流浪女歌手的声音,清晰而严厉,将我们推到了一起。大肚婆在尤金耳边数着节拍。一、一二、一。我们小心翼翼地绕着对方跳舞,尽量不占用对方的空间。这时,歌声变成了一首里尔舞曲,只听见爱尔兰宝思兰鼓奏出的咚咚声,就是木头敲打在山羊皮鼓面上发出的原始声音。咚咚。咚咚。然后是小提琴近乎刺耳的琴声,那是马尾毛擦过琴弦发出的声音,还有簧风琴那犹如风箱喘气的琴声,以及现场演奏的乐器略微有点走调的音乐声。我们把家具搬到客厅的一边,我将力士香皂粉撒在地板上。我们开怀畅饮,交换了舞伴。尤金终于跟上了节奏,随着音乐翩翩起舞。老妈脱下鞋子。老爸浑身是汗，汗水将衬衣后背染成了深色。音乐声变得刺耳而花哨。我们的影子比我们自己大了一倍，被烛光投在了天花板上。现在跳的是两对舞伴面对面的舞。我们面对面。尤金像从苏格兰高地来的舞者一样跳上跳下，虽然不熟悉动作，但已经找到了节奏。我们把他引到他该去的地方。先是女士交换位置，然后是男士。我们带着对面的男人，向右迈七步，再回来。我们让舞伴转圈，重新开始。炉火让房间变得暖暖的，音乐一结束，我就脱掉了羊毛衫。我和尤金大口喝着雪利酒。它尝起来满是禁忌的滋味。老妈拿起吹风机的支架，当作麦克风，冲着它唱歌。尤金模仿着狐狸的样子，把手举得高高的，鼓起肚子，我们开始转圈。

"你常来这儿吗？"他说。

"母羊不产羔的时候，我就会来。"

"你住在那种穷地方吗？"他打了个嗝说。

"是啊，我还领政府补贴呢。"

"天哪，你真可爱。这世上没有什么比一岁母羊更好闻的气味了。"

他满嘴都是雪利酒的味道，却在嗅闻着我的体香。我们在爱尔兰风笛抑扬起伏的乐声中翩然起舞，也随着簧风琴的乐声舞动。六孔小笛奏出的令人震颤的轻快曲调盘旋而上，穿过黑暗。覆盖住老爸头顶地中海的那缕长发垂了下来，几乎要碰到他的肩膀。老妈解开紧身褡,左手叉腰,像转呼啦圈一样用右手食指转动着紧身褡。我记得的最后一个画面是,紧身褡带着弹性,啪的一声飞到房间另一边,而尤金搂着我的腰,边带着我完美地转圈边问我:"我能在山墙那儿亲你的嘴吗?"

## 暴 风 雨

母亲会在梦中未卜先知,还会在梦中找到东西。那天早上,她睡眼惺忪地下来,说道:"我知道那把旧砍刀在哪儿了。"她穿上靴子,我跟着她来到沼泽地。她在一棵悬铃木下停下来,指着石灰石墙上一丛荆棘堵住的地方。

"就在那儿。"她说。

果然,她没有说错。我们用新砍刀劈开那些荆棘,找到了旧的砍刀。

乳品间阴暗潮湿,我父母将他们很少用到的东西都堆放在那里,在我出生之前就这样做了。墙上的黄色油漆已经起泡鼓了起来,铺在地上的石板反射着亮光。缰绳一动不动地挂在房梁上,马嚼子上落满灰尘。搅乳器还在那儿,里面依然残留着酸牛奶的气味,桶身依旧光滑,但木头上面布满虫洞,而搅乳棒早已不见了踪影。在我的记忆中,窗户上从来就没有装过玻璃,只有锈迹斑斑的窗栏,还有树林刮来的风穿过窗栏时的响声,宛如怪异的掌声。

不知是谁把育雏箱和水槽也推进了乳品间,金属的水槽曾经像茶匙一样闪闪发光,如今却布满了锈迹。刚孵出来的小鸡宛如黄色花瓣,我们将它们捧在手心,放进温暖的育雏箱里。它们就像毛茸茸的小球,小腿不停地动着,靠育雏箱里的温度来温暖自己。有了温暖,我们才得以生存。有时候,外面的寒冷占了上风,那些移动的黄色小球会倒下,爪子像橙色的箭头指着下面。父亲会像拔掉新长出来的杂草一样将它们扯出来扔掉。但母亲会轻柔地将它们捡起来,仔细观察黄色的身体,看它们是否还活着。在确定它们已没有了生命迹象后,她会说:"我可怜的小鸡。"然后朝我笑一笑,将它们顺着斜槽扔出去。

牛奶过滤器也还在那里,旧的纱布滤网一团团地挂在一根快要磨断的绳子上,肮脏不堪。罐子里的醋栗酱闻起来像雪利酒,已经在瓶子里干瘪了下去,上面还长出了胡须般的霉菌。我们以前经常做海棠果果冻,把酸酸的水果切成四块,连核带籽一起煮成果泥。把黏稠的液体倒进一个旧枕套,将凳子倒过来,再将枕套的四个角分别拴在凳子的四条腿上。滴答。滴答。滴答。汁水整晚滴进保鲜锅中。

他们经常派我到乳品间取东西:一罐清漆、六英寸长的钉子、一匹大脑袋母马的马笼头。门闩太高了。我得站在一个杂酚油罐子上才能够到，而我按下去的金属圆片薄如树叶。我自己主动去那里时，往往是去翻看那只箱子。那是一只锈迹斑斑的大金属箱，可在孩子的眼里却像海盗的宝箱。箱子太旧了，如果把里面的东西倒出来，将它举起来对着光，你会觉得是在透过漏勺看东西。里面没有我喜欢的东西——几本受潮后粘在一起的旧书、几张发黄的地图、几本祷告书，没有照片。"都是你父亲家人的东西。"母亲压低声音告诉我，显然不想让父亲听到。箱子的长度和我的身高一样，高度只是我身高的一半，盖子很紧，没有把手。我会打开盖子，看那些东西，用手指触摸书脊断裂、没有了封面的书，然后用力把盖子盖上，箱子发出刺耳的金属摩擦声。

随后便有了那个梦，而那个梦改变了一切。母亲梦见了外婆，梦见她死了。她在厨房里号啕大哭，半夜把我吵醒。她拍打着厨房的桌子。我穿着印有海龟图案的睡衣站在楼梯尽头，透过黑暗注视着。母亲蜷缩在地板上，从没有说过一句温柔话的父亲在对她说着温柔的话。哄她，叫她的名字。玛丽，玛——丽，啊，玛——丽。两个人平时从不触碰对方的身体，一方的手指会在对方的手抓住肉汁壶之前松开，但现在他们拥抱在一起。我蹑手蹑脚地回到楼上，听着那些温柔的话语慢慢变了味。

天亮时，电报到了。母亲将它像卷烟纸一样在手指间卷来卷去。父亲做了安排。我打开收音机时，邻家的一个女人在我的手上拍了一下。我的外婆,那个身上长着紫色疹子的女人,那个苍老的布满青筋的乳房下垂着的女人,那个我们像洗一幅画一样洗过的黄褐色皮肤的女人,僵硬地躺在一个镶了边的盒子里回家了。我们把她放在客厅的凉爽处。

葬礼结束后,邻居们驱车来到家里,车道上汽车一辆接一辆。我坐在陌生人的大腿上。他们把我像烟草袋一样传来传去。我喝了三大瓶柠檬汽水。姨妈站在那儿守着火腿。"谁要再来一块中间的肉?"她手里的切肉刀发着寒光。

母亲坐在那里,盯着炉火,一句话也没说。甚至在那条牧羊犬站到躺椅上舔自己的时候也没有说话。

母亲开始打扫牛棚,尽管我们多年前就把牛卖了。她拿着院子里的刷子和水桶出去,擦洗马厩和过道,甚至把旧轮毂盖擦得光可鉴人。以前,我们把泛着泡沫的牛奶倒在那只旧轮毂盖里喂猫。然后她进屋,和雕像说话,直到晚饭时间。她想象着暴风雨的到来。她一听到风声就把自己锁在楼梯下面,一听到雷声就用棉花堵住耳朵,和狗一起躲在桌子底下。有一次,我和父亲在厩楼上碾大麦,看见她在田野里呼唤牛群。"唖唖! 唖唖! 赫西! 唖唖! 赫西!"她把镀锌桶子的把手摇得噼啪作响,要把想象中的奶牛呼唤回家。父亲温柔地把她哄回家。从那时起,她开始住在楼上。

于是,夏天到来的时候,轮到我把大茶壶拎到男人们的面前,壶嘴中塞着《农夫期刊》中的一页。男人们吸着干草卷成的香烟，看着我，口无遮拦地对我父亲说，我很快就会变成个大姑娘。

她半夜来找我，穿着一件我从未见过的浅蓝色睡衣。她把我从床上拉起来，在黑暗中走下楼梯，穿过修剪过的草地，经过一堆堆干草，我们的光脚丫沾上了草籽。我们穿过麦茬地一直往上走，她的手像老虎钳一样抓住我。她睡衣的下摆在身后随风飘动。然后，我们到达了山顶，仰面躺在地上，看着星星，她一头黄铜色的头发，嘴里说着疯话，然而那些话并非毫无意义，她感觉到了我们感觉不到的东西，就像狗能最先听到车道上汽车的声音一样。

她指给我看她称之为"平底锅"的东西，那是树顶之上聚集的一群星星，并告诉我那些星星怎么会在那里。动物们口渴难耐，却没有水喝。由于干旱，长颈鹿弯下了脖子，绵羊开始掉毛，蛇的身子因为太干而无法弯曲；但是一头小母猪发现了一只装满水的平底锅，让所有动物喝上了水，渡过了难关，直到云朵拧出了雨水。那平底锅有一个弯曲的把手，动物们喝到水之后，星星就变成了它的形状，这就是天上的东西。我把天空中的白点连在一起，也看到了"平底锅"。我还感觉到我睡衣上的乌龟开始沿着我的腿爬行，一直爬到腋窝下。

我们在那里一直待到天亮，干草的味道随风飘来。她告诉我十五年来父亲的手是如何弄得她身上青一块紫一块，告诉我爱一个人与喜欢一个人之间的区别，告诉我她不喜欢我就如同她不喜欢父亲，因为我的眼睛透着同样的残忍。

从那时起，我开始无缘无故地去乳品间。那里很安静，只有风声和头顶上水箱的汩汩声。房梁之间的天花板上有个洞，那便是婴儿房，我的几个姐姐以前常常带着洋娃娃上去，脑袋总会撞到倾斜的屋顶。

面包车来接她的时候，几个姐姐早就离开了家。父亲说她受了伤，但看不出任何伤痕。我问他是不是她体内在流血。

"差不多吧。"他说。

我想起了水槽上方的圣心画，那颗被永不熄灭的红光照亮的红心。

我打开金属箱子，望着里面的东西。我拿起一本祈祷书，手指翻动着书页。棕褐色的书页很光滑，宛如母亲的胳膊。我打开一张破损的棕色地图，分辨不出哪个是陆地、哪个是海洋，直到找到一个我认识的地方。一只昆虫的翅膀粘在挪威那里。我能听到父母在隔壁房间说话。我打开另一本书，想看看里面有没有图片，结果一张也没有。我钻进箱子里，蹲下来。我听到玻璃破碎的声音。响声变成了母亲的声音，越来越大，近乎哭声。有东西掉了下来。我拉了拉铁皮箱盖，让那块金属罩在我身上，锈迹斑斑的箱盖盖上时发出了刺耳的响声。周围一片漆黑，好像我已经不存在了。躲在黑色的大铁皮箱子里、坐在受潮的书籍上面的不是我。箱子里有一股陈腐的霉味，像面包箱里面的气味，或者碗橱背后掉有蛋糕屑的地方的气味。一个世纪前的气味。我记得有一次老鼠咬穿了育雏箱的格栅。它们抓住了小鸡，我们发现到处都是绒毛，上面还连着腿，有肉的地方都被吃掉了。我们看到剩下的小鸡吓坏了，疲惫不堪，躲在油漆桶或几卷编羊栏的金属线之间，因为它们还不会飞走。我和父亲把它们抓在手里，它们发了疯似的细声尖叫，黄色的身体不停地颤抖。

最后一个说我很快就会变成个大姑娘的人被烫伤了。母亲总是说，没有什么比烫伤更糟糕的了。她没有说错。这是让他们知道，谁也别想在我面前胡说八道。现在他们乖乖地把威灵顿长筒雨靴脱在门外。再没有人说土豆中间太硬。我会用分餐勺敲打他们。他们也知道这一点。

我星期天会去看她，但她不知道自己在哪里，也不知道我是谁。

"是我，妈妈。"我说。

"我一闻到鱼的味道就受不了，"她说，"受不了他和他的鲱鱼。"

"你不认识我了吗？我是爱伦。"

"特洛伊的爱伦！骑上你的马！"她说。

她是纸牌行家，每个星期都能从别人的口袋里把钱骗到手，护士长不得不趁她洗澡时从她的鞋子里把钱掏出来。

但我仍然一次次去那家疯人院。我喜欢走廊里消毒液的气味，喜欢护士们的橡胶底鞋，还有那里为星期天报纸争吵的气氛。这说明了我内心的什么？母亲总说疯癫有家族遗传性，而我从父母两边都遗传了这一点。我想我去那里有自身的原因。也许我已经习惯了。为了保护自己，早早地沾染上一点疯癫，就那么一点点。就像接种疫苗。你必须面对最糟糕的情况，然后才能应付一切。

## 唱歌的收银员

是史密瑟斯，那个邮递员，那个油腻的混蛋，带着装在棕色信封里的信件。他穿着那套令他得意扬扬的蓝色制服来了。又是新的一天，又是一个稠密明亮的空间，需要人去将它涂黑。他沿着街道大步走到我们家门廊前，把头发往后一捋，塞到帽子下，站在信箱后开口说道：

"早晨好，姑娘们！"

那声音如蜜糖般甜腻，穿过门厅飘来，仿佛要抚摸我们似的。他住在我们一位远房表亲的隔壁。那位表亲在摩门路上有个卖鲜鱼的货车摊位，有时会让他给我们送来用报纸包着的鳕鱼、檬鲽或者牙鳕。

"喂，女士们！哦，姑娘们！"

这个臭混蛋。还有他那仿佛在说"过来抓我呀"的声音。有些不对劲。我们上星期吃了三次鱼。有一次是新鲜鲑鱼，而这位表亲我们几乎不认识，只是老妈提起过的一个开着辆货车的女人。

"喂！女士们！"

我姐姐科拉不为所动。她把胳膊肘靠在煤气灶的一角，吸着早晨的第一支烟，吐出一缕缕细细的青烟。掐灭烟头之前，她绝不会开口说话。厨房墙壁后面，将我们吵醒的呼呼声一刻也没有停止过，那是一台针织机在急促地忙碌着。邻居刚搬进来的时候，我们以为是他在打鼾，以为他们家的床头板紧贴着我们家的墙壁；但我们错了。我们对邻居真是一无所知。老妈以前常常说起邻居们。有的邻居打扑克到深夜，有的邻居在广场上搭起一顶巨大的游园会帐篷，将绳子紧紧地绑在消防栓上。

科拉猛地吸了最后一口烟，掐灭烟头，紧了紧身上淡紫色睡衣的腰带。她去开门，放他进来，我看着她赤裸的脚印在油布地毯上渐渐消失。

"早晨总能看到养眼的东西。"他说，眼睛从她赤裸的脚开始向上看，仿佛她是他能勾勒出来的东西。他的嘴唇因为沾了口水，亮晶晶的。"哦，万能的邮政系统。各种服务！要是没有我们，你们这些姑娘会在哪里？"他递过包裹，大步走进屋，把背包重重地挂在门厅的衣帽架上。他轻轻搓着双手，环顾四周。"嗯，科拉，来杯茶就好了。"

这是给信使的奖赏。

我那不容分说的姐姐却容忍了他。我想，她需要他带来的油腻腻的包裹,而一杯茶要不了几个钱。她盯着冰箱里面,想看看用什么东西来做一顿早餐。里面有两个鸡蛋、一大盒弗洛拉牌人造黄油、一个枯萎的莴苣头。在明亮的灯光下,冰箱里显得更加空空荡荡。她关上冰箱门,插上水壶插头。这才星期三,可我们只剩下最后几包袋泡茶,所以杯子今天原本会落满灰尘的。史密瑟斯舒舒服服地坐在扶手椅里。科拉打开收音机,调到吉米·杨的节目,他正在派送礼物。然后她从钱包里掏出一枚硬币递给我。

"你下楼去给我买一盒火柴好吗?"

"火柴? 可是——"

"赶紧去,听话。"

她看了我一眼,那意思是"少啰唆",我跺着脚去了布雷斯韦尔街的报摊,一来一去至少花了二十分钟,可我仍然回来得早了一点,结果发现史密瑟斯的皮带系得太紧,科拉的睡衣里外穿反了,双手正不安地拨弄着拖鞋上的一圈绒毛。还有那气味,就像睡觉中来了大姨妈时的气味。燕麦粥溢了出来。


我现在学聪明了。我慢慢来。我慢吞吞地走到商店,再慢吞吞地走回来,从一扇蓝色大门前的台阶上偷走一瓶牛奶,一路喝到镇上,细腻的牛奶小口吸进嘴里,渐渐变稀,到瓶底时变得令人恶心。我要么买一盒火柴,要么买科拉要我在商店买的任何东西,免得他们向我问东问西。透过珠宝店的橱窗，我看到女士们在试戴镶着大颗宝石的戒指，苏格兰店员把戒指套在她们的指关节上，不停地诱导，然后又把戒指摘下来。

镇上的风越来越大，一阵阵寒风被困在一排排相同的红砖房子之间，有些房子建成了新月形，好像在争夺阳光和空气。我站在一群学龄前儿童和咖啡馆女服务员中间，听着她们的八卦，也使用她们的烟灰缸。和我同龄的其他女孩都在上学，她们穿着粗糙的格子呢制服，为了普通证书考试而刻苦学习。我受够了这些，科拉似乎也不介意，还说一切由我自己决定。我在院子外的一个大桶里慢慢烧掉了课本，那些代数、家政、地理书一页页在火焰中翻飞，化为了灰烬。但我现在有时会想念它们，因为没有别的事可做，没有同龄玩伴，只有肥皂剧和发薪水的日子，还有科拉在经期到来之前的各种奇思妙想。

回家时，我的手顺着栏杆划过，直到栏杆消失，路面变得凹凸不平。有时，史密瑟斯会让大门敞开，几条狗会溜进来，对着绣球花跷起腿，但我总是在门廊上等着、听着，以防万一。我们的门廊上乱七八糟地堆放着变了形的石膏板、干掉的油灰罐，还有爸爸走后我们懒得清理的杂物。

科拉喜欢唱歌。她下班回家后会说："他们开始叫我乐购商场唱歌的收银员了。他们都说,听到有人这样开心,真叫人高兴。"

"真的吗?"

"什么真的吗?"她问道。

"开心。"

"开心? 开心?"她拍拍我的头,笑了,"把水壶烧上,你这傻丫头。"

她喝茶时不加奶。她会端起杯子,贴近脸蛋,对着冒出的热气吹几口气。我喜欢她这个样子,喜欢看到她坐在那里,绞尽脑汁思索着如何保护我们不受外界的伤害,如何让警察、煤气公司的人、拿着结实的小写字板来收电视费的女人不来打扰这栋破房子。

父亲的照片从墙上掉了下来,但相框靠在踢脚板上,不依不饶。照片是在彭布罗克码头拍的,左右各有一名卡车司机用肌肉发达的胳膊搂着他的肩膀。卡车上坐满了建筑工人,准备越过海峡去买免税品。父亲的黑眼睛充满了活力。我们都懒得换钉子,也懒得把那个混蛋的照片重新挂回去,进入我们的生活。

楼上,科拉在洗澡,准备和乐购商场的其他女孩一起出去。她唱着托莉·阿莫斯新专辑里的一首歌,声音高亢而清脆,像男孩子的声音。

"别把熨斗烧得太烫!"楼上传来她的声音。

在多雨的这几个月里,我们都是用熨斗把衣服熨干。我上次把她的涤纶睡衣背面烧焦了,留下一个焦黄的三角形。我自认为不是故意的。

屋外,我们对面的房子里亮起了灯;日本灯笼像假月亮一样挂在窗上,又像淡粉色和淡黄色的美丽窗帘。

那是我们睡的最后一个安稳觉,因为报纸上刊登了可怕的消息。史密瑟斯一早就来了,而且第一次按了门铃。

"开门!"

今天有报纸,没有鱼。他摘下帽子,我想一定是那个有货车摊位的远房表亲死了。但情况比这更糟。报纸上的标题是《克伦威尔街上的噩梦》。科拉倒吸一口凉气,借着煤气炉的火点燃了一支罗斯曼牌香烟。慢慢地,我们知道了一切。在地板下发现的年轻女孩的尸体。埋在花园里的尸体。那对有着十恶不赦嗜好的幸福夫妇已遭逮捕。挖掘计划。

我首先想到的是牛奶。那扇门是蓝色的。我仔细看了看照片上不起眼的连栋房,外墙有一个供植物攀爬的花架,上面挂着25号门牌。我随即知道这是真的:在我姐姐和邮递员做爱的时候,我喝了弗雷德·韦斯特的牛奶。

我父亲认识他。弗雷德·韦斯特来过我们家,在家里吃过晚饭。他是个砖瓦匠,在河滨那边干活,鞋子又大又黑又亮。浑身是毛，留着大胡子，漆黑的眉毛几乎长到了一起。对，浑身是毛。就像你要对着他吹气才能发现他的眼睛在哪里。但是在报纸登的照片上，他的胡子刮得干干净净，脸上带着鲁莽的表情，一种因为事实暴露而显出的野性。我曾坐在他的大腿上，和他联手与姐姐玩跳棋。我记得他粗大的手指握紧棋子，从她的棋子中间跳过去，在棋盘另一边翻倍后成为王，再跳回来，吃掉更多的棋子。

今天早上科拉没有派我出去，而是让我用壶烧水。她领着史密瑟斯穿过大厅，推着他，让他背贴着墙。我能听到她的声音，但听不清她在说什么。几分钟后，他一言不发地沿着街道溜走了，走出了我们的生活。他最后这一次带来的东西超出了她的底线。那些女孩和我年龄相仿。她们中的任何一个都有可能是我。科拉之前一直打发我去买这买那，让我置身于英格兰最危险的街道，只为了和一个男人做爱，为了几个鲜鱼包裹。我突然希望母亲还活着。我希望母亲还活着，这样科拉就不必像母亲那样照顾我，抚养我。

"他不会再来了。"她说，又把报纸拿了起来。

"反正我吃鱼也吃腻了。也许你下次可以找个卖肉的。"

她没有笑。也许她笑不出来。她只是盘腿坐在窗户旁，两只脚踝压在屁股下，翻看着报纸。在她身后，太阳正冉冉升起，越过屋顶时，变得更加灿烂。晨曦中，她的头发显得干枯，发梢已经开叉。她今天看起来很苍老，不是疲倦，而是没那么有野心，就像有人为了继续生活下去而不得不放弃一些东西一样。

我往煎锅里打了两个鸡蛋,看着它们的边缘变白。

"爸爸认识他。"她说。

"是的。"

我把平底锅倾斜一点,让油把蛋清煎成形。再把两片面包扔进油里。

"他们一起建了那个门廊。天哪!"

"实心的还是溏心的?"我问。

"什么?"

"你的鸡蛋。要实心的还是溏心的?"

"溏心的。"

她在看父亲和他的卡车司机朋友们拍的那张照片。有那么一会儿,我以为她会把照片捡起来,但她没有。她低下头,继续看报纸。她长着和父亲一样的方下巴,可我直到现在才注意到。那是透着坚毅的下巴,只是她的眼睛却透着不同的神情。我姐姐,那个唱歌的收银员,看起来快要哭了。

"一个溏心蛋。"我说着,把宛如黄色眼睛的溏心蛋和煎面包滑到一个带缺口的盘子上,盘子边缘有一圈蓝色的勿忘我缠枝图案。

"把它吃了,"我说,"你会感觉好些的。"

# 烫　　伤

　　他们将在夏天试一试。他们将一起面对他们的过去，那是所有麻烦的根源，并将其彻底消灭。至少理论上是这样。

　　这是他们的第一个晚上，他们坐在门外——三个孩子、他们的父亲和他的新婚妻子罗宾。孩子们坐在门廊的秋千上，凝望着天空。天空是令人毛骨悚然的蓝色，与警察制服的颜色一样。大儿子的腿最长，他用脚蹬着栏杆，荡着秋千，弟弟和妹妹分别坐在他的两边。他们的父亲坐在摇椅上，但没有摇晃。相反，他在回忆。棉絮和药膏的气味，铝箔包着的纱布，冰过的醋，用来治疗轻微的烫伤。他的新婚妻子站在栏杆边，用指甲锉修着指甲。她的外形与孩子们的亲生母亲完全相反：相貌平平，胸部平坦，一头黄色的及腰长发。每个人都在聆听。风吹拂着高大的松树（谁在那儿？风似乎在问，谁？谁？），吊着椅子的链条嘎吱作响。田野那边传来嘎啦嘎啦的响声，也许是一头奶牛在大门上蹭痒。孩子们不停地来回荡着秋千，在黑暗中时隐时现。看到女孩闭上了眼睛，父亲把她抱起来，进了屋。两个儿子不希望单独和继母待在一起，很快也跟了进去。

卧室的灯亮了，脏兮兮的窗户玻璃透出了微弱的亮光。罗宾听到床垫弹簧陷下去的嘎吱声，听到运动鞋掉在木地板上的噼啪声、松紧腰带解开时的啪嗒声，还有拉链拉开的声音和低低的说话声。天黑了，繁星璀璨，乡下可是有蛇的。乡下。一条碎石路通向另一座陌生的房子，霉菌和牛群的气味，坑坑洼洼的院子里积了一摊摊雨水。

她丈夫走出来，脚踩在木地板上。他说话的声音洪亮而温柔。她并不后悔嫁给他。

"没有人说我们不能回去，罗宾。任何事情都存在变数。你知道的。"

"我知道。"她伸出手，紧紧地握住他的手。

"我们必须接受这件事。如果不成功，我们随时可以回到城里，不会有任何损失。你明白吗？"

她在黑暗中点点头。

"天啊，这真像时光倒流。我总觉得会听到放餐具的抽屉砰的一声响。每次都是这样开始：她把装餐刀的抽屉猛地一推，你就能嗅到麻烦来了。"他紧紧地抓住栏杆，直到指关节发白，"你看到秋千了吗？我在这里给大儿子装的，这样他就可以光着脚荡来荡去,给烫伤的地方降降温。天哪。"他摇摇头,仿佛他自己都无法明白这一切,"我怎么做了那么长时间的傻瓜?"

"睡觉去吧,亲爱的。"罗宾握着他的手说。

地上到处散落着他们的行李、箱子和大提包,但她还是借着孩子房间里夜灯微弱的亮光找到了通往后面卧室的路。他们脱掉衣服,躺下,懒得洗澡。罗宾把毯子一直拉到下巴那儿。黑暗中,她看不清他的模样。她还没法接受外面这么黑。就算有人给她一百万美元,她也不会独自走在那条碎石路上。她靠近丈夫温暖的身体,感觉睡眠在拉扯她,把她往下拉,就在她屈服、放弃时,她又在想他前妻过去是不是睡在床的这一边。

早晨,他们打开门窗,一阵清风穿过屋子。有些窗闩卡死了;每个角落都结着蜘蛛网。两个男孩在仔细看窗台上的死飞蛾和昆虫,用牙签把它们翻过来,数着它们的腿,扯掉它们的翅膀。

"恶心!"女孩说,她在食品储藏室的一个旧玉米片盒子下面发现了一只小蟑螂。

一层厚厚的白色灰尘笼罩着一切。女孩在不同的平面上写下自己的名字(她最近刚学会读和写)。壁炉上方的鹿头标本看上去像是刚从大雪中钻进来。罗宾讨厌鹿头标本那时刻盯着她的塑料眼睛,厨房里的一些东西也让她觉得阴沉:橘黄色的墙壁,水槽上方几只呈V字形飞翔的蓝色木雕大雁,摇摇晃晃的厨房桌子。

他们早餐吃的垃圾食品,都是旅途中剩下的:饼干、易抹黄油、玉米片。罗宾从罐子里挖出一些速溶咖啡,用平底锅烧水。抽屉里的大部分餐具都生锈了。她打开冰箱,看到泡菜漂浮在一罐绿醋里,还有几颗干枯的大蒜头、几根干瘪的热狗。

"谁要打一针青霉素?"她举起一只发霉的番茄说。

早餐过后,他们开始对整栋房子进行一次彻底的探索。起居区都在二楼;乡村式的厨房,净空很高的大客厅,三间带浴室的卧室,外加一间放有八张单人床的大卧室(家族的人以前常常来这里过感恩节)。厨房外有个杂物间,里面有洗衣机和烘干机,有一个摇篮,靠墙是一排排的架子,将整堵墙遮得严严实实,上面堆放着油漆罐、幼儿玩具、飞盘和木炭。由于阳光过度曝晒,一切都褪了色。他们顺着楼梯,从客厅下到一楼,却看到那里空空荡荡。下面什么也没有,只有一种发霉的感觉,水泥地面,陈旧的皮革、树根和老鼠的气味。小儿子站在楼梯顶上,看着他们走下去又走回来,他没有冒险下去。

院子一直延伸到一个黑色的牲口棚,里面有马厩和几捆干草,还有一个鸡舍,鸡舍的门里面长有几颗毒蘑菇。院子尽头有几棵树,上面结着又小又硬的桃子。早晨的太阳斜着照下来,把房子的这一侧投进了浓浓的、明显可见的阴影中。菜地里歪歪斜斜地竖着用来支撑豌豆和豆子的竹竿。两个男孩把竹竿从地里拔出来，像扔标枪那样把它们扔过高高的杂草。女孩很安静，抱着长颈鹿毛绒玩具，将它举过头顶，眼睛透过鸡舍的缝隙望着里面，看着牲口棚里的马厩，读着空饲料袋上牌子的名字。

两个男孩跟父亲一起驱车进城去买东西，罗宾带着女孩去田野里摘野花。田地边上长着某种她叫不出名字的血红色灌木。女孩指着毒藤，要罗宾"小心一点"，然后伸手摘下最红、最灿烂的花。罗宾看到她在挠手腕上的圆形伤疤，便问能不能替她拿着那些花。

女孩赶紧把袖子拉下来，摇了摇头，不用。

她们穿过嗖嗖作响的毛茛草，回到家。女孩在杂物间找到几个旧的梨形番茄空罐头，撕掉褪色的商标，露出下面闪闪发光的银色锡罐。罗宾扫地的时候，女孩把红色的鲜花插了进去。

两个男孩回来了，捧着装有食品杂货的棕色纸袋，还拎着麦当劳开心乐园套餐。他们的父亲则带回了饮水机用的饮用水。女孩爬到凳子上时，桌子摇晃起来，她的饮料洒了出来。她的脸上掠过一丝惊恐的神色。她开始放声大哭。

"嘿！"她父亲说，"嘿，我的宝贝女儿，怎么了？好了，没关系。来，喝我的吧。"

他抱起她，让她坐在自己的大腿上，给她喝了一口饮料，给薯条蘸上番茄酱，告诉她，她是一个好女孩，是他的女儿，只要吃了东西，要不了多久她就会长得像院子里的草那么高，但女孩从他的膝盖上滑了下去，躲在桌子底下。

那天晚上，孩子们睡着了，门也锁上了，他们躺在床上，开始说话。

"也许来这里就是自找麻烦，"他说，"把孩子们带到这里来。真是大麻烦。"

"我不这么认为，亲爱的。"

"就好像那个婊子还在这里。我能感觉到。孩子们也能感觉到。"他说，"你今天看到了吗，只是饮料洒了，她却吓成那个样子。也许根本没有必要这样做。"他伸手把风扇调高了一挡，"有一次我们在餐馆里，她把葡萄汁洒了出来；你知道葡萄汁，沾上的污渍很难洗掉。那是家高档餐馆，铺着白色的桌布，还有其他上档次的东西。唉，她勃然大怒，我还没反应过来，她就伸手给了小女孩一巴掌。"

"天哪。"

他从塑料杯里喝了一小口水。他肚子上的一些毛发已经变白了。

"也许我们应该把这个地方弄得不一样，彻底改造一下，改变这里的环境，"罗宾说，"我们可以邀请孩子们的朋友来做客。又不是没有地方住。"

"也许吧。"他擦了擦额头,"也许我们应该洒上圣水,请牧师过来。也许我们应该点一把火烧了这个鬼地方,然后迅速离开这里。回家,检查一下我们的脑袋。"

"别担心,"她挠着他的头发说,"一切都会好起来的,你会看到的。"

"希望是这样,"他捶打着枕头说,"我当然希望是这样。"


首先处理的是厨房。他们搬走所有的家具,包括碗柜和摇摇晃晃的桌子,取下挂在墙上的木雕大雁和灭火器,清空橱柜里的东西。他们在一本旧的惠特尼银行挂历背面,为新厨房画了张设计图。他们决定将厨房设计成一个"岛屿"。他们可以围坐在四周,并在上面做饭。他们让每个孩子从黄页电话簿上"木匠"栏中选择一个名字,然后打电话,询问估价。

这个星期结束时,他们的岛建在了厨房的中央。没有什么花哨之处,只是一个长方形的高台,下面有橱柜。煤气公司的人接了管子,给壁炉搁架供气。罗宾带着女孩去了合作商场,选了漂亮的红色瓷砖做台面,又挑了二十多块带米色叶子图案的瓷砖镶边。大家一起在一个盆里搅拌水泥浆,然后将它们全部抹在台面上。她让女孩在别人睡觉的时候熬夜帮她。她买了五把导演们坐的那种高大的帆布椅子，上面的帆布可以拆下来扔进洗衣机里清洗，还请了个电工在壁炉搁架上方安装了调光开关。两个男孩用螺栓把钩子固定在头顶的横梁上，然后把所有的炊具都挂在上面。

装修结束的那天晚上，父亲开车去温迪克西市场买根汁汽水。罗宾在烤箱里烤了一盘千层面，她正在做巧克力蛋糕，当作餐后甜点。孩子们跪在"岛屿"周围的椅子上帮忙。罗宾让大儿子负责筛面粉和可可粉，她自己用木勺搅拌黄油和糖。女孩用茶匙量出发酵粉和玉米淀粉，然后给铁皮模具抹上黄油，小儿子则在打鸡蛋。罗宾让三个孩子轮流搅拌碗里的东西，冲着女孩微笑，因为女孩是左撇子，搅拌时是逆时针方向。罗宾检查烤箱，把面糊倒进模子里。孩子们把碗舔得干干净净。

"好了，"罗宾说，"爸爸很快就回来了。我们把这里清理干净吧。"

罗宾点燃一支蜡烛，放在"岛屿"中央，然后把灯光调暗。她看到女孩放在窗台上的红花，便伸手去拿，这时她注意到脚边有什么东西。起初她以为那是一只老鼠。她不怕老鼠。女孩第一个尖叫起来。孩子们出于安全本能地爬到"岛屿"上，打翻了点燃的蜡烛。

父亲回来时，看到的就是这样的画面：三个孩子和他的新婚妻子在尖叫，一团明火，从厨房冒出来的明火，地板在动。他赶在火势蔓延之前扑灭了蜡烛,然后低头看着地板。他从没见过这样的东西。他一时动弹不得。他想起了某部黑白老电影,蝗虫铺天盖地地落在非洲某处的田地上,几分钟内就毁掉了一整片庄稼,也毁掉了一家人的生计。

到处都是蟑螂。硬邦邦、亮闪闪的蟑螂。它们在"岛屿"四周爬行,爬上橱柜门,爬到水龙头后面,爬到饮水机下面。它们蜂拥到窗台上散发着猫尿味的红花后面。它们爬行时发出的声音犹如蒙蒙细雨声。孩子们站在"岛屿"上。大儿子伸手去拿横梁上的炊具——分菜勺、切鱼刀和长柄勺,把它们递给弟弟妹妹。他们开始了杀戮。他们用运动鞋踩。女孩起初不太情愿,但现在挽起袖子,使劲拍打起来。罗宾跑进杂物间。她每跑一步,鞋子就发出可怕的声音。她拿出网球拍和一根塑料棒球棒,也开始杀戮。她的丈夫被迷住了。他的新妻子正在用双手杀戮。

"别光站在那儿!"她尖叫道,"快来帮我们!"

她把棒球棒递给他,打开"岛屿"下面的一扇橱柜门,蟑螂如潮水般从那里涌到了地板上。它们就像一条湍急的溪流,从似乎是房子中心的地方涌上来,从楼下爬到厨房中央。孩子们尖厉而无礼的叫声响彻整个屋子。每一个人都在往上攀爬,渴望着杀死它们。

"来吧!"父亲在大喊,"来吧,你们这些婊子!"

他们不知道过了多久,只见蟑螂大军从亮闪闪的小溪慢慢变为涓涓细流,最后停滞不动。父亲的眉毛上沾满了汗水,女孩马尾辫上的松紧箍滑到了离发梢一英寸的地方,两个男孩气喘吁吁,仿佛刚刚踢了一场足球。他们没有闻到晚餐烧焦的气味。他们在看。他们在听。每一个人都在听。他们可以听到自己的心跳声。当一滴水滴答一声落入水槽时,他们不约而同地猛烈动了起来。

# 男孩的怪名字

我回家来是为了告诉你。我回到了过去,就像女性杂志上的一个故事,只是从前的衣服太小了,再也穿不进去。哦,我以前也回来过,买了渡轮的船票,来参加不同的订婚派对,参加侄子的洗礼仪式,和大家一起过圣诞节。也就是在那个时候,我在一次聚会上认识了你。我们当时站在穿着礼服的女主人和一个黑衣男人之间。你一边吃着饭前点心一边和我聊天,还喂我吃薄脆饼干上的肉酱。我成了你圣诞节短暂风流的对象,用来排遣节日的无聊,而你对我来说也一样。可是现在,这些箱子重如船锚,落在我儿时学会走路的地板上。也许这次回来就再也不走了。

我的女性亲戚们在卧室里围着我,她们翻箱倒柜后在餐具柜里找到了茶叶、瓷杯和茶碟,端上来时,瓷杯在托盘上碰撞后叮当作响。这些女人骨架很大,穿着粗花呢衣服,喜欢认为是她们教会了我明辨是非,教会了我各种礼仪,教会了我努力工作的价值。这些腹部平坦、喜怒无常的女人放弃了追求,却称之为幸福。我们的祖先是那些安慰男人的女人，而那些男人从来不会说一个不字。此刻，她们把最好的茶杯倒满，打听我未来的打算，不停地问："你现在做什么？""你现在准备做什么？"而这完全是两码事。

"我要写作。"我说。我真想补充一句，写一本淫秽的小说，一本淫荡下流的书，与之相比，《芬妮·希尔的情史》会像大家星期天读的弥撒书一样纯洁。

我每次这么说都会招来嘲笑。这个回答很聪明，但写作是个奇怪的职业，尤其在我这个年龄。她们在心里计算着我的年龄，竭力回忆我出生时发生了什么，有谁去世了。她们吃不准，但我肯定不再是个小姑娘了。我现在应该干点别的事，应该把自己拴在某个有稳定收入、有辆好车的未婚男人身上。

"你，还有你的那些书。"她们一边说，一边摇着头，把茶包里的精华挤出来。

她们不知道还有更糟糕的呢，不知道我为她们设计了什么样的身份，不知道我如何从她们辛苦保养的脸上抹去了二十年的光阴，洗掉了她们头发上的蜜黄色染发剂。她们不知道我把她们放在了另一个国家，改了她们的名字，将她们像脏袜子一样里外翻了个个儿。她们不知道我撒了什么样的谎。

我打开手提箱，仪式就此开始。她们从床上、扶手椅上、靠窗座位上探过身来，相互交谈着，想知道我有什么新衣服，我的鞋子是不是漆皮的，我的长裙是不是丝绸的。她们摸着布料，看看下摆有多深，看着标签，陷入了沉思：

"这衣服真漂亮，你在哪儿买的？"

"我的天哪，瞧瞧这条迷你裙！"

"迷你裙肯定又流行起来了，你不知道吗？"

"她的腿适合穿迷你裙。"

"这衣服的亚麻布料很漂亮，但太难熨烫了。"

"可以挂起来沥水呀，不是吗？"

"那是多大码的？我穿会合身吗？别怪我多嘴，你胖了一点。不过你个子高，撑得住。"

我把比较实用的棉布衬衫、松紧带喇叭裙、黑色羊毛裤套装和羊绒连衣裙挂在金属衣架上。实用的鞋子掩饰了我的职业，而一双红色高跟鞋则让她们疑惑。她们翻遍我的东西，想弄清楚我究竟是谁。

最后，她们回到厨房准备晚餐。快六点了，男人们马上就要到家了。我听到土豆落在水槽里的咚咚声，还有平底锅盖碰撞的咔嗒声，很快，煮萝卜的香味就飘到了楼上。我已经忘了后面这几个房间在傍晚时分会隐约泛黄。我坐在窗户下看书，脸在阴影里，书在阳光下，我想知道越过这段距离，会不会对我的眼睛有害。我在看

《牙买加客栈》①，这是第一本引诱我掩盖身份的书。我想，如果是个女孩，达芙妮会是个不错的名字。

我安排在都柏林与你见面。你穿着牛仔靴，显得英俊高大。你迎接我的方式是吻我的脖子，但你的嘴唇冰凉。有什么我不记得的东西从你的左耳垂露了出来，应该是一只金耳钉。你说英格兰的空气一定很适合我，还说我正在绽放。

"也不知道你在那边做什么，不过你的气色很好。"你说话的口气带着一丝不赞同的感觉。

爱尔兰女孩不应该喜欢英格兰；她们应该待在家里，好好抚养儿子，喂鸡，剪欧芹，忍受星期天球赛的嘈杂声。

"我是个妓女，你不知道吗？"

"嗯，你说话的口气还是没有变。"你笑着挽着我的胳膊，带我去了海边，去了桑迪湾，乔伊斯塔的花岗岩穹顶耸立在午后寒冷的阳光下。

"他写了那么多著名的小说。想想看，"你说，"就在这鼻涕般的绿色大海边。"

几块岩石俯瞰着绅士海滩，肮脏的海水拍打着岩石，溅起阵阵

---

① 英国作家达芙妮·杜穆里埃（1907—1990）的作品。

浪花。我躺下来，裹紧身上的大衣。带盐味的风凛冽，简直要把女孩的屁股吹掉。我们在那里待了很久，一句话也没说，两个人心中所想可谓南辕北辙。

我想起西部某个地方一个姑娘的事。人们在她父亲盖的小屋里找到了她，一个连烟囱都没有的单间小屋。父亲把她关在树林里，邻居发现时她已经死了。我还记得当时的照片：一副担架，上面有一个装尸袋，另一张是学校的集体照，她的脸上带着微笑，头和肩膀被人圈了出来。

一艘渔船驶过，离得不远，我们可以听到船上的男人在唱："天哪！ 天哪！ 天哪！ 德里啦！"我们看着他们朝着霍斯的方向驶入更深的水域。

你觉得这很有趣。

"白痴。"你笑着说。

你总是以别人的快乐为乐，并从中为自己分一杯羹。如果不是已经知道我现在所知道的一切，我也会觉得这很有趣。我曾经认为自己的知识太贫乏。上大学的时候，学了再多的东西，我都觉得不够。我把书堆在床头柜上，整整一大摞；我看书到深夜，然后再去换更多的书，仿佛学习会随着时间的推移而减少似的。但我现在知道得太多了；就像一个偷听者，我觉得我偷听到了一个关于我自己的无可辩驳的故事，所以我必须慢慢来，在做好准备之前，必须保守这个秘密。就像端着一个倒得满满的杯子，害怕东西会洒出来，所以无法动弹。

雨沿着海岬一路飘落下来；我看见柔和的灰色雨雾漫无目的地向南移动。海鸥俯冲下来，在岩石上拉屎，然后飞翔在那片雨区的前面。我意识到这是我们最后一次像这样待在一起。无论我们之间的关系多么随意，一切都将在这里结束。

"我们去喝一杯吧。"

我们离开海边，向镇上走去。酒吧里灯光昏暗却很暖和，墙上挂着爱尔兰式曲棍球队员的深褐色照片，前排的人半蹲着，对着镜头。你看了看酒吧里面，我记得你说过你有一帮老友，却从来没有把我介绍给他们。三个中年男人坐在吧台旁，手里拿着《先驱晚报》，在一些夺冠热门的母马名字上画圈，或者在一些赛狗身上下注，嘴里不停地议论着赔率。你端着两品脱啤酒走向一张桌子，那架势就像一个人拎着头两桶水去扑灭自家马厩里的大火。风风火火，随时准备再来一次。

我们坐在火炉旁的红色扶手椅上，我想起了那些夜晚，圣诞节和元旦之间的那个星期，在你母亲空荡荡的房子里度过的六天六夜。那里只有你和我，我穿着你的衣服，你的高领衬衫一直垂到我的膝盖那里，还有你厚厚的脚后跟为棕色的足球袜。我们待在家里，吃着外卖：炒面、新鲜鳕鱼和薯条。那是圣诞节吃过的最奇怪的食物。我记得挂在房间角落里的日本国旗，中间红红的一块，仿佛停战协议变成了血腥屠杀。我躺在你母亲的特大号床上，你把日本国旗拿下来，扯掉挂杆，将它扔到我赤裸的胴体上。也许我当时就应该知道。那几个晚上，我们常常在半夜醒来，做爱，喝咖啡，你的话不多，但没关系。我坐起来，听着汽车在泥泞中驶过，听着那些快乐的人在回家路上怪腔怪调地唱着《平安夜》。细雨打在玻璃上，让窗外乔治王朝时期的房屋景观变得迷蒙起来。

现在我想知道你在期待什么。再来一次六天的放纵？我怀疑你觉得我这个女人缺心眼，一定会对在你母亲床上躺了一个星期这样的小事耿耿于怀。

"你的舌头让猫叼去了吗？"你问。

然后，我精心准备的说辞消失得无影无踪。话脱口而出，直截了当，没有挽回的余地。你的手捏紧了杯子。我等着你开口说些什么。我想听到你说你爱我，即使我不爱你。这可以恢复平衡。如果我必须怀上孩子，你至少可以做一件事，那就是爱我。

没有经过干燥处理的木柴在壁炉格栅中嘶嘶作响，松脂从松动的树皮中渗出。烟雾中爆出一连串的火星，我奶奶将它们称作士兵。但你什么也没有说。其实，无论你说什么，我都挺得住。我将靠一个水桶生活，每天凝视着天空。我将学会分辨十五种风，学会如何通过梧桐树的沙沙声判断明天雨势的大小。我将做荨麻汤和烤蒲公英面包，不求回报。我不会安慰你。我不会成为那种将男人当作孩子一样给他遮风挡雨的女人。我们家族的这一部分传统在我这里终结了。

你看着吧台旁的两个人，三十出头的年轻人，穿着皮夹克、蓝色牛仔裤，无羁无绊。你可以站起来，迈着牛仔式的步子，七八步就走过去。你喝着烈性黑啤酒，直到泡沫沉淀到杯子一半的地方。我看着你的喉结像石子一样在喉咙里滚动。

"好吧，现在伤害已经造成了。"你说。

我伸出手，想擦去你上唇的泡沫，但触摸带来了触摸的记忆，于是你避开了。

"你觉得达芙妮这个名字怎么样？"

就这样，我下了决定。没有乘船旅行，没有一卷二十英镑的钞票，没有里面放着翻旧了的女性杂志的白色候诊室。

你盯着自己的杯子。

"对于男孩来说，这是个怪名字。"你说。

你咧开冰冷的嘴唇一笑，脸上的表情与照片上的曲棍球队员没什么不同。我怀疑那是骄傲的表情，因为我知道骄傲是什么样的。突然间，我不想再要你了，再也不会让你远离那些小伙子和你烟雾缭绕的斯诺克之夜。我会喝下这杯离别酒，但是在夜晚结束时，我会与你握手。我绝对不会像狐狸一样诱捕你，以这种方式和你一起生活，若干年后的某个夜晚看着你的眼睛，发现一个男人最后悔的事就是和一个圣诞节聚会上认识的女人偷偷在他母亲的床上度过了六个夜晚。我突然想知道自己为什么来这里。

"把它喝完，"你指着我的杯子说，"像你这种情况的女孩需要大量的铁。"

于是，我喝完了我的一品脱爱尔兰黑啤酒，为你说出了隐藏在白色泡沫里的矿物质的名称而感到安慰。

## 有胆量就来滑


洛丝琳把车开进盖特旅馆的停车场,拉了手刹。好兆头:周围没有人。只有几辆车停在后面,一辆蓝色旧别克停在一辆破损的皮卡旁,皮卡的驾驶室里有一条丑陋的棕色杂种狗在喘着粗气。她希望那不是他的狗。人们说男人会挑一条内心和他一样的狗,而这条狗太丑陋,他知道这一点。

她走进热浪中,闻到垃圾堆散发出难闻的气味。早已过了午餐时间。她抚平裙子上的皱褶,深吸了一口气。她穿着高跟鞋走在碎石路上,边走边想,这最好是好事。她大步走到门廊时,一只肥大的蜥蜴左右摇摆着身子在灰泥地上爬行。她推开门,感觉到了空调吹来的冷风。

"我会穿着蓝色衬衫。"他说。

"这世界上每两个人当中就有一个穿蓝色衬衫:戴一顶帽子吧。"

"那还不是一样:在密西西比州每两个人当中就有一个戴

帽子。"

"戴着吧。"她说。

一名女服务员正在吧台抹平一卷美钞。她看到洛丝琳，立刻掐灭香烟，并给了后者一个标准的微笑。一个穿着蓝色衬衫的男人坐在窗边，背对着她。他面前的餐桌上有一顶牛仔帽。餐馆里唯一的顾客。洛丝琳径直走向他。

"你是格思里？"

"我是。你是洛丝琳？"

她点点头。

"恐怕是戴帽子戴烦了。"他指着脑袋说，傻乎乎的，好像她不知道帽子应该戴在哪儿似的。他本打算站起来，替她拉开椅子，显得自己彬彬有礼，但洛丝琳已经坐了下来，把小挎包的塑料带子挂在椅背上。她比他想象的漂亮多了。他听到电话里的笑声时，还以为她会是个胖姑娘呢。

她觉得这肯定不是他的第一次。他太冷静了，脸光滑得宛如铬合金，颧骨下面有凹陷。没什么好说的，这不是两个朋友之间偶然的见面，她也不是随便走进来坐在他旁边的女士，不会因为这里没有其他人，而她恰恰需要有人陪伴。但他们并不太担心。即便真有他们认识的人走进来，很可能也不会认为他们是在度蜜月，午餐时间过了这么久还在用餐。考虑了那么久，在电话里聊了那么多，现在他们终于到了这里，抓住这个机会，面对面坐在密西西比州的一个酒吧里，心里都没有底。见鬼。

"我还以为你可能改变主意了呢。"他说，把手掌平放在油布桌面上。他的指甲很长，但无名指上有一圈苍白的皮肤，非常醒目。"你要喝点什么吗？"

"要啊。你吃过了吗？"她从杯子里抽出红色餐巾，摊开来放在膝盖上。

"没有。我一直在等你。"

他拿起菜单，竖在两人之间，仿佛那是一面盾牌，然后字斟句酌地说道：

"你喜欢海鲜吗？"

"我当然喜欢海鲜。你以为我是什么人？ 犹太人吗？"

对这句话他没有回答。

"上帝啊，你不会是犹太人吧？"她说。

他大声笑了起来。"我已经很久没有见过你这样漂亮的女人了。"他说，话一出口又觉得这像是什么电影里的老掉牙的台词。他一路上把台词练习了一遍又一遍，还差点撞上一辆克尔维特，现在却过早地说出了书中最烂的话。这位女士体香怡人。她皮肤黝黑，金发碧眼，聪明伶俐，真是天降奇缘。她噘起嘴，低头看菜单。她睫毛上有黑色的睫毛膏，眼睑上有蓝色的眼影；他可以看到她发根的颜色很深。

他们开始看菜单,眼睛扫过上面的菜肴,各种开胃小菜、主菜、印在背面的甜点,还有饮料单上来自世界各地的啤酒。洛丝琳很想来一大份魔鬼蛋糕,但胸罩上的钩子一直夹着她的后背。自从纳尔逊的孩子在莫比尔受洗之后,她就再没戴过胸罩。格思里认为他最好点些不含大蒜和洋葱的菜。

女服务员走了过来,取下夹在耳朵后面的铅笔。

"可以点菜了吗?"

她一边记下他们点的东西,一边盯着他的牛仔帽。帽子很大,上面还插着一根羽毛。牛仔点的是洛克菲勒牡蛎和杂烩拌饭,外加一杯百威啤酒。女士点的是煮小龙虾,还有苏格兰威士忌,不加冰。

"你没有开车吧?"他说。

"没有。我骑白骡子来的。"

"这位女士很有幽默感。我喜欢。"

"很高兴得到你的认同。"

他脸一红,将目光转向窗外。餐厅靠几根桩柱临空建在水面上,浑浊的逆流拍打着支撑柱。阳光刺眼,他几乎什么都看不清,就好像天空中有一场盛大的狂欢,弄瞎了大家的眼睛,所以没人能知道天上到底发生了什么。女服务员端来饮料和饼干时,他心中就是这样想的。

他们点燃香烟，因为一时不知道说什么好。仅仅几句话，一切便已明了。就好像她已经拉下了他裤子的拉链。她不敢相信自己大老远开车过来就是为了见一个素未谋面的男人。《皮卡尤恩时报》上登的一则小广告，用粗体字印着"找女友"，几次电话交流，然后便是现在这一幕。他们在这里就说明了一切，现在他们见了面，一切便结束了。

她拿出一支万宝路。他啪的一声弹开打火机盖子，点燃后将火递过去。她低下头，从鼻子里喷出一股烟，看着他。他觉得她像个电影明星，像劳伦·白考尔或者麦当娜或者别的什么人，穿着时尚衣服，留着长长的指甲。菜还没有上，她已经喝完了杯中的苏格兰威士忌，在玻璃杯沿留下一个厚厚的口红印。他真希望能把这件事告诉厂里的人。大块头安迪可以把听到的话装进午餐盒里封得严严实实，但只要两杯啤酒下肚，就什么话都会往外说。他拿起饼干，撕开塑料包装，大口喝着啤酒。

"你上顿饭是什么时候吃的？"洛丝琳问。

"昨天。"

菜上来后，洛丝琳像拿瓷器一样拿着小龙虾，吮吸虾头里的虾黄，把壳扔到一边，然后喝第二杯苏格兰威士忌。格思里用叉子把杂烩拌饭堆在饼干上，然后塞进嘴角，用啤酒把它们送下去。他把柠檬汁和塔巴斯科辣酱汁挤在牡蛎上，将它们一一吞进肚子里。

"要我给你做一个吗?"他说。

"呃,我不要。你想尝尝这个吗?"她抓着一只小龙虾的螯问道,"味道好极了。很辣。"

"不,我只要一开始吃那玩意儿,就停不下来。就像饼干。"

"还有风流韵事。"

他坐直了身子。

"这话不对,"他说,"我以前从没干过这种事。"

"我想凡事都有第一次吧。你是因为绝望才登的广告,对吧?当然,如果是这样的话,我是在对绝望做出回应;别光嘴巴上说,要来真格的吗?"

"我想我们有共同之处。"

"我从没说过我绝望,我是说你绝望。"

"那你只是在做调查,是吗?"

她哈哈大笑。

厨师推开弹簧门,从厨房里走了出来。他的腋窝处湿漉漉的。他走到外面的门廊上,一股热气冲进了屋。他们能感觉到气温在上升。

格思里开始讲述。他告诉洛丝琳他在面粉厂上班的情况,那个叫"笨蛋"的家伙锯到了他的手,但锯子根本就不应该出现在那里。他拿到了所有的保险金,可那是他的右手,而他是个右撇子。

洛丝琳说,她把盒式公寓的每个房间都漆成了蛋青色,落在头发上的油漆一连几个星期都洗不掉;还有一次,她在高速公路上抛锚,用连裤袜做了一条风扇带。他们刻意不谈家庭生活,两人都试图窥视对方厨房的窗户,想知道那里有些什么。

盘子收走后,他们又各自要了一杯酒,在他付账前又要了一杯。洛丝琳看着他从一卷钞票中抽出几张来。

"你没有地方被锯子锯到吧?"

"没有,夫人。我身体的各个部分都运作良好。"

他替她拉出椅子。女服务员打个呵欠,收了杯子和五美元小费。他们砰的一声关上纱门,惊醒了厨师。厨师正趁着晚餐开始前的时间在门廊上打盹。他听到他们在商量开谁的车,但懒得睁开眼睛去看他们开往哪个方向。

他们开着洛丝琳的卡车,穿过牛仔竞技区,经过皮卡尤恩,向杰克逊驶去。他们不知道要去哪里,也不知道什么时候停下来。洛丝琳在车道之间穿梭而行,仿佛驱车离开家就能把那种感觉推得更远。但她开得越远,那种感觉就越强烈。洛丝琳不是傻子。她知道自己在开车,是因为她要远离一些东西。

他们聊了一会儿,但很快就安静下来,因为他们想不出还有什么可说的。他想在她开车的时候把脚搁到仪表盘上,但最终没有那样做。他抽着烟,把车窗摇下来,希望微风能吹走他的紧张。然后，就像有时发生的那样，沉默变了味，他们为不说话而高兴。他们只是看着路标和高速公路两边摇曳的高高的玉米，阳光照在引擎盖上发出白色的反光。

洛丝琳的思绪转到了她丈夫身上。她以前一直称他为她的男人。"我的男人。"即使他不在身边，她也这样说。相貌堂堂，内心却像刚从冰箱里拿出来的啤酒一样冰冷，但在一些小事上表现得非常聪明。就算她刚刷过牙，也能从她的呼吸中闻到苏格兰威士忌的味道。如果她懒得做饭，就会从商店里买来蔬菜炖海鲜罐头，打开加热后再加入调料，可就算她扔掉了罐头盒，他也心知肚明。他是那种你轻易不愿意触碰的人。她曾经认为他就像罗伯特·德尼罗或者肖恩·潘[①]之类的硬汉，深沉，不显山露水。她和他一起生活了十年，试图进入他的内心，因为她认为既然他费了那么大劲，那里面一定有真正珍贵的东西，就像被困在牡蛎壳里的珍珠。但后来她放弃了，意识到里面什么都没有。什么都没有。只是一个坚硬的空壳。他把所有的精力都用来建造那个东西，然后进入了那种状态，完全忘记了他一开始保护的是什么。那一天，她终于意识到这一点，便在客厅里把自己灌醉了。她刚吃完早餐就喝起了苏格兰威士忌，还按照自己喜欢的方式，往杯子里加满冰块。他一回到家便看

---

① 均为好莱坞电影明星。

见她穿着内衣,内裤粘在身上,懒洋洋地坐在他的扶手椅上。屋里空气不流通,房间里热得像地狱,风扇开到了最大挡,试图对着热空气的屁股踢上一脚。他看了一眼,就知道她还能动。他看得出来。她也知道他看得出来。你发现自己浪费了十年光阴,所以那一天对你来说并不轻松。

"你在想什么?"

她看着这个男人。她喜欢衬衫穿在他身上很合身的样子。

"他们为什么叫你格思里? 我认识的人里面没有谁叫这个名字。"

"哦,我妈妈是伍迪·格思里①的超级粉丝,所以给我起了这个名字。我很幸运,不是在火车上长大的。"不妨让她知道他是个穷苦白人。

"这么说伍迪·格思里不是你爸爸了,嗯?"

"差不多吧。"

"那么,格思里,你想打开收音机听歌吗?"

"可以啊。你想听什么?"

"只要不是那种死气沉沉的歌,什么都行。"

---

① 伍迪·格思里(1912—1967),美国民歌手,毕生创作了上千首民歌和民谣,被誉为美国现代民歌运动的奠基人,喜欢在地铁和火车上演唱。

他调到"老歌金曲"电台。巴迪·霍利①、鲁比·特纳②、披头士乐队③伴随着他们开过旁道，从公路另一边驶了出来。他们的歌声盖过了艾瑞莎·弗兰克林④，他们在查克·贝里⑤的《你永远无法预料》中声嘶力竭地大喊，他们跟着约翰尼·卡什⑥一起哼唱《走正道》。两个人唱歌都走调。格思里吹口哨。她以前从没见过有人吹口哨会走调。她用手指打着拍子，发出嗒嗒声，手镯晃动了好几公里。他说这就像和博詹格斯先生⑦一起开车。她差点要说是博詹格斯太太，但及时闭上了嘴。她想要伸出手，握住他的手，像他们在高中时那样换挡。过了杰克逊镇后他们停下来加油，还买了六罐啤酒，付了钱后马上跳上车，因为停下来可能意味着掉头回去。他们拉开易拉罐，喝百威啤酒，喝完后将空罐子丢在车地板上，任由它们在经过弯道时哐当作响。

---

① 巴迪·霍利（1936—1959），美国摇滚歌手。
② 鲁比·特纳（1958— ），美国女演员、歌手。
③ 英国六十年代创建的著名乐队，又名甲壳虫乐队。
④ 艾瑞莎·弗兰克林（1942—2018），美国黑人女歌手、词曲作者、音乐制作人，首位入选摇滚名人堂的女性歌手。
⑤ 查克·贝里（1926—2017），美国黑人音乐家、歌手、作曲家、吉他演奏家，摇滚乐发展史上最有影响的艺人之一。
⑥ 约翰尼·卡什（1932—2003），美国乡村音乐创作歌手，多次获得格莱美奖，被公认为美国音乐史上最具影响力的音乐家之一。
⑦ 《博詹格斯先生》是美国乡村音乐创作歌手杰里·杰夫·沃克（1942—2020）为其1968年的同名专辑创作并录制的歌曲。

车流放慢了速度,他们把收音机音量调小,看看发生了什么事。穿着黄色夹克的人正在指挥交通;汽车停在路边,一眼望不到尽头。然后,他们看到一个摩天轮的灯光在一片金色的夕阳下旋转。

"狂欢节! 我的天哪! 我们也去坐那玩意儿吧!"格思里喊着,从副驾驶那侧的窗户探出身去,"坐上那该死的轮子,一路往上。"他认为他们反正不会一直开下去,而有水的地方肯定要比沙漠好。

"你想去吗?"

"是啊,想去。坐上那玩意儿,把自己吓个半死。"他已经很多年没坐过那玩意儿了。

"你疯了。"她说,但还是掉头,把车开进了游乐场。他们停好车,砰的一声关上车门,没有把钥匙从点火开关拔出来,但根本没注意到。

"这就像爵士音乐节!"格思里说,"我们再去买些啤酒!"

孩子们手里拿着太多的东西走来走去,一只手牵着气球,另一只手拿着棉花糖。妈妈腋下夹着柔软的填充玩具,因为爸爸是神枪手。格思里觉得,要是有人在每个孩子的小腰带上绑一个大氦气球,将他们一路带到空中,那该多有意思啊。这时,小丑走了过来。他戴着红色的假鼻子,脸上涂的白粉在不断地往下掉。

他从洛丝琳耳后变出一枚蛋,又从格思里耳后变出一枚二十五美分的硬币。

"是不是很神奇?"格思里说,"你是怎么做到的?"

"这是魔术。"小丑说。

"魔术,我的天哪。你要是能够凭空赚到钱,就不会在这里混了。"

但除了"魔术"两个字,小丑什么都不愿意说,于是洛丝琳给了他一美元,他朝下一对夫妇走去。

他们站在摩天轮下,用塑料杯喝着啤酒。摩天轮上坐满了人,正缓慢地旋转。洛丝琳光是看着他们就觉得胃不舒服。

"你想坐那个轮子?"她问。

"那当然。我去买票。"

"我不坐。"她摇着头说。

"你不坐是什么意思?"

"你想让我唱着回答你? 我宁可吞下生鸡蛋,也不愿坐那玩意儿。"

"啊,来吧。那绝对好玩,也绝对刺激。"

"你去吧。"

"你和我一起去。"

"不,我不去。"

"好吧，如果你不去，我也不去。"

他们又在游乐场里溜达了一会儿，洛丝琳的高跟鞋后跟陷进了草地里。这里有卖糖果和冰淇淋的摊位，还有些摊位前挤满了人，有的把钱压在幸运转盘的幸运数字上碰运气，有的在投掷飞镖，还有的试图用塑料环套中不值钱的玩具。几匹玩具小马跑到了终点。有一台抓娃娃机，软塌塌的金属爪子悬在所有的廉价塑料玩具上方。他们看到一只毛绒海豹移到了几只毛绒长颈鹿上方，便把所有硬币投了进去，紧盯着那只爪子落下来，但每次它都像电池没电一样从那些玩具上滑过。

"该死的！"

"别着急。这不是我们想要的。"格思里说着，把最后一枚硬币投进去，看着爪子落下又升起，什么也没有抓到。

旋转游戏车是一个带座位的橙色大罐子，坐在上面的人转得晕头转向，发出一声声尖叫，苍白的脸呼啸而过。

"你想上去试试吗？"他说。

"不。我会把小龙虾吐出来的。"

有一个钓酒瓶的摊位是为二十一岁以上的人准备的，桌上用绳子围着一排酒瓶。撑着绳子的几根柱子已经开始弯曲。他们轮流去钓，一次三块钱。他盯着一瓶波旁威士忌，想着晚些时候也许能派上用场，但是瓶盖光滑，没有地方可以钩住，钓竿末端的圆环也很紧，所以他的手必须很稳。另外一端裤子上有大搭扣的家伙每次都赢，于是摊主请他离开，说他赢到的酒已经足够开派对了。

他们看着一些人从滑梯上滑下来。一条黄色的塑料滑道，像人的腰部曲线一样蜿蜒而下。肯定有一百多英尺长。人们从另一侧的台阶爬上去，然后坐在一个麻袋上，像疯了一样滑到底部，那里的牌子上写着：恶魔滑梯，有胆量就来滑。

"我们去坐这玩意儿吧！"格思里说。

"嗯哼！"

"哦，来吧。你不想玩这玩意儿吗？我们不能大老远跑来，却什么都不尝试。拿出一点勇气来！"

"决不。"

"生活需要一点冒险，洛丝琳，"他说，"我们可以一起滑下去。我不会让你出事的。"

她抬头看着滑下来的人。尖叫的孩子、情侣、裤腰带提到肚子上方的老家伙，全都出来尽情地欢乐。

"这高度太可怕了。"

他哄她上去。他牵着她的手，两人喝光啤酒，把杯子扔在草地上。地面上的售票员操着一口不耐烦的纽约口音。他接过钱，递给他们两个麻袋。他们在狭窄的楼梯脚下排队。这梯子是钢制的，一边有栏杆，通向地狱般的高处。他们像蚂蚁一样顺着楼梯慢慢往上爬。洛丝琳不愿意往下看。下面的扬声器里传来猫王的歌声，是那首《今夜你寂寞吗?》，他那拖长的、轻柔的"o"音在黑暗中飘荡。格思里看着地上的人，像昆虫一样到处奔跑。这时，他们上方传来一个年轻女人的声音："让我过去！ 让我过去！ 请让一让！"她扭动身子，从排队的人当中穿了过去。

"她失去了勇气，"她经过时，排在他们身后的人说，"但她真的很可爱。"

地面上有人松开了一个气球，气球飞到了栏杆附近。格思里探出身子去抓，但它离得太远了。

"不要那样探出身去，"她说，"你吓到我了。"她眼中的恐惧真真切切。

"这东西像石头一样结实，你瞧。"格思里说着在台阶上跳了一下。整个楼梯像蛇的背一样晃动起来。

"嗯哼。我要下去了。现在就下去。"她转过身，低头看着紧紧挤在栏杆之间的人群。坡道不太陡，队伍向前移动得很缓慢，但他们已经到了上面。她打了个寒噤，牢牢抓住栏杆，浑身颤抖。

格思里搂着她。他试图猜测她的年龄，但她是那种你永远也猜不出年龄的女人。四十岁？ 四十五岁？

"别想了，亲爱的。继续往前走。你和我在一起很安全。"他笑了。他喜欢这位通过征友广告认识的女士。他突然陶醉其中，心中无比乐观。

现在他们可以看到顶上那个男人了,看到他估算着下滑的时间,然后用他强壮的、机械般的大手推着人们的背,他们消失在边缘。

扬声器里传来查克·贝里唱的《你永远无法预料》。

"这是我们的歌!"

他们在旅途中唱了两遍。

"噢,宝贝!"

格思里开口唱起来,根本不在乎有谁在听。洛丝琳看着他,想着接下来会发生什么,也想着家中那一位。那个仪表堂堂的大贝壳,可能正在厨房里嗅来嗅去,寻找他的晚餐,读着她留在冰箱上的纸条。格思里边唱边笑,扯足了嗓门,仿佛是在为晚餐献唱。那倒是不错的变化。

他搂着她的肩膀,指尖因为在面粉厂干各种重活而变得像顶针一样坑坑洼洼。

他们要么来真格的,要么就什么都不干,现在洛丝琳估计他们要来真格的,他不会像某些人那样畏首畏尾。他们想要的东西已经不言而喻。她会这么做的。她会和这个穿蓝色衬衫的男人去一家廉价汽车旅馆,那里的霓虹灯招牌上会有一半的字母不亮。她希望这只是个开始。天哪。十年了,她终于要得到自己想要的,一个能让她觉得自己又活过来的人，让她觉得自己是个女人。她不会再待在家里装模作样，打开所有那些罐子，然后把它们藏到垃圾桶里。

她摘下格思里的帽子，戴到自己头上，并把皮带子在下巴下系紧。格思里笑了，感觉到微风吹起了他剩下的头发。洛丝琳指着自己的头说："恐怕是戴帽子戴烦了。"

"你突然变粗鲁了。"

快到他们了。

排在他们前面的是个中年妇女。她刚提起裙子，那只手就伸出来，用力推了一把。她大声尖叫，滑下滑道，头发在飞舞。轮到他们了。

他们把两个麻袋叠放在一起。他先坐下。

"你们两个一起滑？"那只手问。

"是的。"

"好吧，让女士坐前面。"

她把挎包挎在肩上，坐到他的膝盖之间。他的大腿立刻夹住了她的两侧。

"抓紧！"

她往下看。比她想象的还要陡。一切发生得太快。那只手根本没有问他们是否准备好了，就猛地推了他们一下。

## 男人和女人

老爸去哪里都带着我。他装了人工髋关节，需要我帮他开大门。要到我们家，必须驱车沿着林中一条很长的小道行驶，打开两道大门，然后赶紧关上，免得羊群逃到外面的公路上去。我算是得力帮手。我下车，打开大门，老爸让大众汽车靠惯性滑过，我再在他身后关上大门，跳回到副驾驶座上。为了省油，他趁汽车向前滑行时赶紧发动车，在公路前的斜坡上加速，然后出发去他那天要去的地方。

有时候去的是废品站，他会在那里寻找某个备用零件，有时候，他在某个分类广告中嗅到了便宜货的味道，然后我们就会去某个农夫泥泞的田地里拔白菜，或者在尘土飞扬的棚子里挑拣做种的马铃薯。有时候，我们驱车去铁匠铺，我会盯着那里的大水桶，水面上倒映着一片片缓缓飘过的乳白色云朵，直到铁匠把烧得通红的铁器投入其中，把云朵烤得无影无踪。每逢星期六，老爸都会去集市，查看羊圈里的羊，摸摸它们的脊骨，掰开它们的嘴看看。如果只买了几只羊,他会懒得回家取拖挂车,而是直接把羊放在车的后排,而我的任务就是坐在前排座位之间,让羊待在那里别动。它们拉出小鹅卵石般的羊粪,然后咩咩地叫着。这种萨福克羊的舌头就像我们星期一煮的生羊肝一样黑。我把羊按在车的后排,直到老爸在回家路上吃东西的无论哪栋房子前停下来。通常都是布丽蒂·诺克斯家,因为布丽蒂自己杀羊,家里总有肉吃。手刹不灵了,所以当老爸把车停在她家院子里时,我便下车搬块石头放在车轮后面。

我是个无所不能的女孩。

"天哪,太太,你还好吗?"

"丹!"布丽蒂说,仿佛她没有听到汽车的噼啪声。

布丽蒂没有丈夫,住在一所烟雾缭绕的小房子里,但她有几个儿子,个个在田里开拖拉机。他们身材矮小,相貌丑陋,自己修补长筒靴。布丽蒂涂着红色的口红,脸上扑了粉,但有着男人一样的大手。我觉得她的头和身体不相称,就像我把一个洋娃娃的脑袋安到另一个娃娃身上的样子。

"太太,有什么给这孩子吃的吗? 她在家里吃不饱。"老爸看着我说,那神情仿佛我是那些非洲孩子中的一个——为了他们,我们在大斋节期间连食糖都省掉了。

"啊哈,"布丽蒂听到他老掉牙的玩笑后笑着说,"我觉得这姑娘肚子是饱的。你坐那儿,我去烧水。"

"说老实话，太太，我不介意喝点什么。我刚从集市回来，羊的价格太高了。"

他在那里聊着羊、牛和天气，诉说着我们这个小国家怎么会落到如此悲惨的境地，布丽蒂则摆好餐具，端上主厨酱汁和科尔曼芥末，从一块牛肉还是煮火腿上切下厚厚的几大片。我坐在窗边，盯着车里那几只羊，它们正茫然地盯着我。老爸把看到的东西都吃了，我把饼干摞成一座小塔，把巧克力舔掉后，剩下的都给了桌子底下的牧羊犬。

回到家后，我找到消防铲，把车上的羊粪收集在一起，然后去厩楼上碾大麦。

"你去哪儿了？"老妈问道。

我们提着几桶牛饲料和甜菜浆穿过院子，我边走边把这一趟的经历告诉了她。老爸坐在那头短犄角奶牛的下面，把奶挤到一个桶里。哥哥坐在客厅的火炉边，假装在学习。他明年要参加初中毕业考试。他是要成为大人物的，所以他既不开门，也不清扫羊粪，更不提那些桶子。他只需看书、写字，用特制的铅笔画三角形。那是老爸为他的机械制图课专门买的铅笔。这个家里数他最聪明。他一直待在那里，直到有人叫他吃饭。

"下去告诉西莫斯，他的晚餐已经摆好了。"老爸说。

我得脱掉雨靴才能下去。

"上来吃饭吧,你这个懒鬼。"我说。

"我要告诉爸妈。"他说。

"你不会的。"我说,然后回到厨房,把豌豆舀到他的盘子里,因为他不像我们其他人那样吃萝卜或卷心菜。

晚上,我拿起书包,在厨房的餐桌上做作业,老妈则打开我们专门为冬天租来的电视机看。每个星期二,她都会在八点前泡一大壶茶,然后坐在炉灶前,一动不动地看着一个男人教一个女人开车的节目。如何换挡,如何松开离合器,如何加油。除了山后有个开拖拉机的粗野女人和镇上的一个新教徒女人,我们认识的女人当中没有谁会开车。节目间隙,她的眼睛会离开屏幕,带着渴望的眼神看向橱柜的顶层,那里有个旧的破茶壶,她把大众汽车的备用钥匙藏在了里面。老妈并没有告诉我。我叹了口气,继续在一张防油纸上描画着香农河的河道。

平安夜那天,我挂了几块标识牌。我剪开一个纸板箱,用红色记号笔写上"圣诞老人,请这边走",并画了个箭头来指明方向。我总是担心他会迷路或者懒得来,因为外面那几道大门确实太麻烦了。我把标识牌钉在小道尽头的栅栏上,钉在木头大门上,还在通往客厅的门里面钉了一块,因为圣诞树就在客厅里。我在咖啡桌上给他准备了一杯黑啤酒和一块蛋糕。我敢肯定,到了圣诞节早上,圣诞老人一定会酩酊大醉。

老爸从衣柜里取出他那顶漂亮的帽子,对着镜子照了照。帽子很花哨,帽檐上插着一根硬羽毛。他把它紧紧地扣在头上,遮住秃顶。

"今天是平安夜,你这是要去哪儿?"老妈问道。

"要去见一个人,谈谈小狗的事。"他说着,砰的一声关上了门。

我上床后怎么也睡不着。在我们班,圣诞老人现在只来看我一个人。我知道这一点,是因为老师问过:"圣诞老人现在还会来看谁?"只有我一个人举了手。我与众不同,但我每一年都觉得他不来的可能性越来越大,我变得和其他人一样的可能性也越来越大。

天刚亮我就醒了,老妈已经在生火,跪在炉边撕扯着报纸,面带微笑。有一个可怕的瞬间,我想圣诞老人可能没有来,因为我说过"来吃饭吧,你这个懒鬼",但他来了。他给我留下了我想要的小泪珠娃娃,包装纸和我们家用的一样。我觉得邮政系统真是神奇,尽管寄一封信到英格兰都需要一周的时间,但我在圣诞节前两天寄出的信,一夜之间就能到达北极。圣诞老人再也不来看望西莫斯了。我猜他一定知道西莫斯那些晚上在客厅里究竟在做什么,看《边打边跑》电竞杂志,喝餐具柜里的红色柠檬汽水,根本没有动脑筋。

除了我和老妈,其他人都没有起床。我们是早起的鸟儿。我们煮了茶,早餐吃了吐司和巧克力手指饼干。然后,她系上最漂亮的那条印着草莓图案的围裙,打开收音机,开始切洋葱和欧芹,我则把一条普通面包磨碎。我们把填料塞进火鸡肚子里,迈着轻盈的步子在厨房里忙碌着。西莫斯和老爸下来,查看圣诞树下的包裹。西莫斯的圣诞礼物是一个飞镖靶。他把它挂在后门上,和老爸一起玩飞镖,还用粉笔记分数,我和老妈则穿上带兜帽的厚夹克,去喂猪、牛和羊,把母鸡放出去。

"他们怎么什么也不做?"我问她。我把手伸进温暖的草堆里找鸡蛋。母鸡到了冬天下的蛋会少一些。

"他们是男人。"她说,好像这就解释了一切。

因为是圣诞节的早晨,我什么也没有说。进屋的时候,一支飞镖从我头顶飞过,我赶紧低头避开。

"哈哈!"西莫斯说。

"正中靶心。"老爸说。


元旦前夜,天下起大雪。雪花落在窗台上,再慢慢融化。又一年过去了。我早餐吃了一碗雪利酒松糕,然后看着电视上的《灵犬莱西》睡着了。晚饭后,我玩着小泪珠娃娃,可每次都要往里面注水,再把水从背后的孔里挤出来,不过一会儿我就厌倦了。于是,我把它的头取下来，但它的脖子太粗，没法安到其他娃娃的身体上。我和西莫斯玩起了飞镖。他在油布地毯上画了两个记号，一个是他的得分，另一个靠近标靶，是我的得分。我击中一个十九分的三倍区，西莫斯说："狗屎运。"

"八十七分。"我算出自己的分数。

"狗屎运。"他说。

"你不知道什么是狗屎运，"我说，"你这交了狗屎运的可怜虫。去查查字典吧。"

"那是一定的。"他说。

我受够了被人当成小孩。我希望自己已经长大成人。我希望自己能坐在火炉旁，听他们叫我去吃饭，画三角形，舔特制铅笔的笔尖，坐在方向盘后面开车，要别人打开大门，让我开车通过。轰隆！轰隆！我要把马力开到最大，做个车尾贴，上面写着：小心，车上有羊。

那天晚上，我们盛装打扮。老妈穿着一条深红色的连衣裙，和那头短犄角母牛的颜色一样。她皮肤上布满了斑点，仿佛有人用牙刷蘸颜料，溅了她一身。她让我把那串珍珠项链的搭扣扣上。我以前都是站在床上帮她，但现在我长高了，是我们班最高的女孩；老师给我们量过身高。老妈又高又瘦，但手上的皮肤很硬。我不知道有一天她会不会像布丽蒂·诺克斯一样，变成男不男女不女的。

老爸从不打扮自己。我从没见过他洗澡，也没见过他洗头；他只是换了帽子和鞋子。他把那顶漂亮的帽子扣在头上，穿上鞋子，那是他卖掉萨福克公羊后买的黑色大皮鞋。系鞋带时，他遇到了一点麻烦，因为他弯腰很吃力。西莫斯穿着一件肘部打了补丁的绿色套头衫、一条裤腿像管子一样的黑裤子和一双牛仔靴，这让他显得高了一些。

"你穿着高跟鞋会绊倒的。"我说。

我们上了大众汽车，我和西莫斯坐在后排，老妈和老爸坐在前排。尽管我洗过车了，但还是能闻到羊粪味，这淡淡的刺鼻气味总是让我们想起自己的出生背景。我对此深恶痛绝。老爸打开挡风玻璃的雨刮器；雨刮器只有一个，刮去积雪时发出刺耳的吱吱声。饥饿的乌鸦从树上飞起，尖叫声在空中回荡。由于车后排没有门，老妈只好下车打开大门。她脖子上戴着珍珠项链，转动身子时红色的裙子舒展开来，我觉得此时的她很漂亮。我希望父亲能下车，希望雪花落在他的身上，而不是落在穿着漂亮衣服的母亲身上。我见过其他做父亲的替他们的妻子拿外套，为她们开门，询问她们要不要在商店里买点什么，即使她们说不要，也会买几块巧克力和几只熟透了的梨回家。可老爸不是这样的。

斯佩尔曼大厅矗立在停车场的中央，门上挂着一块歪歪扭扭的"圣诞快乐"牌子，牌子周围还有一道由五颜六色的裸灯泡构成的拱门。里面大小如仓库，木地板非常光滑，靠墙摆放着一条条长凳。在怪异的灯光照射下，每一件白色衣服都变得耀眼夺目。真神奇。我可以隔着衬衫看到卖报女人的胸罩，还可以看到拍卖师裤子上雪花般的绒毛。会计有一只眼睛淤青，身上穿了一件灰白相间的菱形图案的套头羊毛衫。头顶上有一盏球形灯在慢慢转动，灯上镶嵌着的碎镜子在闪烁。舞厅的尽头有一张贴着防火胶合板的桌子，上面堆放着一瓶瓶柠檬汽水和橙汁、香草味夹层饼干、泰托牌奶酪洋葱味薯片。屠夫的妻子站在桌子后面，分发吸管，收钱。老爸带着我转悠时我认识的几个女人都来了：涂着山楂色口红的布丽蒂；莎拉·库姆斯，就在上个星期，她还劝我老爸喝杯雪利酒，给我吃不新鲜的蛋糕，然后带他到客厅去看她的新家具；艾玛·詹金斯小姐，她总是情绪激动，喝咖啡而不喝茶，而且因为胃液的缘故，家里从不备甜食。

舞台上，身穿红色运动夹克、打着糖果条纹领结的男人敲着鼓，弹着吉他，吹着小号，"大胆莫兰"站在前面，唱着《我可爱的莱特利姆》。我和老妈最先走进舞池，跳起了杜鹃华尔兹。音乐一停，她就和西莫斯跳在了一起。老爸的舞伴是他开车转悠时结识的那些女人。我想知道，他既然可以那样跳舞，为什么不下车开门呢？西莫斯和他在职业学校认识的几个少女跳着摇摆舞，举着手，撅着屁股，女孩子们像火焰一样旋转。几个三十多岁的老男人来请我跳舞。

"能和你跳个快步舞吗?"他们说。或者:"和我跳个半贴面舞怎么样?"

他们说我的舞步轻盈。

"天啊,你就像羽毛一样轻盈。"他们边说边带着我随音乐节拍翩翩起舞。

跳保罗·琼斯舞①的时候,音乐停了下来,我面对的是一个农夫,他身上一股酸味,就像春天我们给生病的羊羔喂的威士忌的气味,但是那个在集市围场里安抚牛羊的年轻人闯过来救了我。

"别理他,"他说,"他向来自以为是。"

他身上散发着绳子、新镀锌铁皮和清洁剂的气味。

半贴面舞结束后,我有点口渴,老妈给了我一个五十便士的硬币,让我去买柠檬汽水和抽奖券。一曲缓慢的华尔兹开始了,老爸走到莎拉·库姆斯面前,她从长凳上站起来,脱掉外套。她袒露着肩膀,我能看到她的乳房。老妈坐在那里,把手提包放在腿上,看着。今晚她有些悲伤,这悲伤的感觉包围着她,就像一头奶牛死去,卡车来把它运走。有什么我不太明白的事情正在发生,就仿佛有一片乌云飘进来,可能会爆炸,造成大灾难。我走过去,把我的

---

① 一种交换舞伴的交际舞。

柠檬汽水递给她,但她只是优雅地喝了一小口,然后谢了我。我把一半抽奖券给了她,但她不在乎。我父亲搂着莎拉·库姆斯,慢慢地跳着,仿佛他想要的就是慢速度。西莫斯靠在远处的墙上,双手插在口袋里,冲着女卫生间里霸占镜子的金发女郎微笑。

"把老爸的舞伴夺走。"

"你说什么?"他说。

"把老爸的舞伴夺走。"

"我干吗要这么做?"他问。

"还以为你绝顶聪明呢,"我说,"蠢货!"

我穿过舞池,轻轻拍了拍莎拉·库姆斯的后背。我又拍了下她的肋骨。她转过身来,在头顶球形灯洒下的灯光中,她身上的漆皮宽腰带闪闪发亮。

"对不起。"我说,就像我要问她几点钟似的。

"嘻嘻。"她低头看着我说。她的眼球布满了裂纹,像我们家橱柜上的那个茶壶。

"我想和爸爸跳舞。"

听到"爸爸"这个词,她脸色一变,松开了紧抓着我父亲的手。我接替了她。舞台上的人正在吹小号。父亲紧紧握着我的手,像是在惩罚我。我能看到母亲坐在长凳上,伸手从包里掏出手帕。然后她去了女卫生间。老爸的周围弥漫着一种仇恨。我感觉到他很无助,但我不在乎。我有生以来第一次拥有了某种力量。我可以插手并接管、拯救和被拯救。

快到午夜时分,响起阵阵喧闹声。所有人都来到舞池中,膝盖弯曲,手提包晃动。"大胆莫兰"开始新年的倒计时,然后大家开始亲吻、拥抱。陌生的男人抱紧我,亲吻我,仿佛他们口渴难当,而我就是水。

我的父母没有接吻。在我这一生中,从记事起,我就从未见过他们碰触对方。有一次我带一个朋友上楼参观我们家。

"这是老妈的房间,这是老爸的房间。"我说。

"你父母不睡在一张床上?"她说,声音中透着十足的惊奇。就在那一刻我开始怀疑,我们家也许并不正常。

乐队加快了节奏。哦,扭呀,扭呀,转呀!

"吃掉火鸡晚餐,干掉李子布丁!""大胆莫兰"高声喊着,就连喜欢在舞厅里炫耀的人也放弃了他们的八字形结阵舞,转而跳起了旋转舞和摇摆舞。我也跟着一起摇摆,结果臀部与集市上那个年轻人的臀部撞在了一起,最后和一个陌生人转起了圈。

国歌响起的时候,大家集体起立。老爸用手帕擦着额头,西莫斯气喘吁吁,因为他不习惯这样的运动。灯光一亮,一切都不一样了。人人满脸通红,汗流浃背;一切又都恢复了正常。拍卖师拿过话筒,感谢了一大堆人,然后他们拍卖了一头夏洛莱牛犊和一只山羊,还有几批茶叶、糖、圆面包、果酱、李子布丁和肉馅饼。山羊站的地方有鹅卵石般的羊粪,我不知道会由谁来清理。抽奖活动直到最后一刻才开始。拍卖师把装着存根的纸盒递给那个金发女郎。

"手往下伸,"他说,"不许偷看。一等奖是一瓶威士忌。"

她不紧不慢,享受着大家的关注。

"快点,"他说,"好姑娘,这又不是彩票抽奖。"

她把票递给他。

"是——你猜是什么颜色,吉米? 是淡粉红色的票,号码是725。725。序号是3x429h。我再说一遍。"

虽然不是我的号码,但是很接近了。反正我不想要威士忌,那是留给宠物羊喝的。我更想要接下来的奖品——一盒下午茶饼干。人群一片混乱,人们在手袋和屁股口袋里摸索。拍卖师把数字念了几遍,正当他看上去准备吩咐再次抽奖时,老妈从座位上站了起来。她高昂着头,径直朝前走去。人群分开一条道,大家后退一步,让她过去。她的新高跟鞋嗒嗒嗒踩在打滑的地板上,身上的红裙格外显眼。我从没见过她这么做。她通常太害羞,都是把票给我,由我跑过去领奖。

"要喝口酒吗,太太?""大胆莫兰"看着她的票问道,"像今晚这样的夜晚,一口酒下肚就能让人暖和起来。女人只要喝了一口超能酒,就不需要男人了。我说得对吗? 725,就是这个号码。"

老妈穿着优雅的衣服站在那里,却显得格格不入。她不属于那里。

"我们现在核对一下序号,"他说着便拿过了兑奖票,"对不起,太太,序号不对。今晚还得靠丈夫温暖你了。还是老办法靠谱。"

老妈转过身,沿着打滑的地板往回走,每个人都知道,她以为自己中奖了,结果没有。突然,她加快步伐,跑了起来,在耀眼的白色灯光下跑着,经过衣帽间,朝大门跑去,头发像马尾一样在身后飘动。

外面停车场上,被踩踏过的草地和常青灌木上堆着积雪,但是在驶离的汽车大灯照耀下,湿漉漉的柏油沥青路面闪闪发亮。浓浓的月光不容分说地照在大地上。我和老妈、西莫斯坐在车里,冻得瑟瑟发抖,等待着老爸。我们无法发动引擎,让车里暖和起来,因为车钥匙在老爸那里。我的脚冷得像石头。一团油腻腻的蒸汽从卖炸薯条的面包车的窗口飘出,镀铬车身上画着一根胖乎乎的棕色香肠。我们周围的人在纷纷离开,一面挥手,一面喊着"晚安!"和"新年快乐!"他们拿到薯条后便开车离开了。

老爸出来时,卖炸薯条的车已经关上了窗口,停车场里空荡荡的。他坐到驾驶座上,发动汽车,啪的一声过后,我们就上路了,爬上村外的小山,沿着蜿蜒狭窄的道路回家。

"乐队不错。"老爸说。

老妈没有吭声。

"我说,那乐队有一点活力。"他这次提高了嗓门。

老妈仍然没有说话。

老爸开口唱起了《远在澳大利亚》。他生气的时候总是唱歌,心中怒火燃烧时总要装出很开心的样子。镇上的灯光已经落在我们身后。道路一片漆黑。我们经过几户人家,看到窗户上点着蜡烛,圣诞树上的灯泡在闪烁,停着的汽车的挡风玻璃上压着一张张报纸。歌曲还没有结束,老爸就不唱了。

"西莫斯,你在大厅里看见漂亮的小东西了吗?"

"没有什么打动我的。"

"那个金发姑娘真不错。"

我想起了集市,围栏边的所有男人都在竞价购买小母牛和小母羊。我想起了莎拉·库姆斯,我们去她家的时候,她身上总是散发着青草香水的香味。

通往我们家的小道尽头有一棵板栗树,树枝上落满了白雪。老爸停下车,车子往后退了一点,直到他把脚踩在刹车上。他在等着老妈下车打开大门。

老妈纹丝不动。

"你身上哪儿疼吗?"他对她说。

她直视着前方。

"门卡住了还是怎么了?"他说。

"你自己去开门。"

他伸出手,打开她这边的车门,但她砰的一声关上了。

"下去,把门打开!"他冲我吼道。

直觉告诉我,我不能下车。

"西莫斯!"他吼道,"西莫斯!"

我们谁都没有动。

"上帝啊!"他说。

我感到害怕。车外,我钉上去的"圣诞老人,请这边走"牌子的一角松了,湿漉漉的纸板在风中拍打着。老爸转身望着老妈,声音里充满了恶毒。

"你穿着漂亮的衣服从所有邻居面前走上去,还以为自己中了头奖,"他笑着打开了他那边的车门,"像个笨蛋一样跑出大厅。"

他下了车,走起路来怒气冲天,仿佛走在滚烫的煤块上。他唱道:"远在澳大利亚!"他伸手把铁丝从大门上取下来,突然一阵风把他的帽子吹落了。大门摇晃着打开了。他弯腰去捡帽子,但风把帽子吹得更远了。他追了几步,再次弯腰去捡,不料风又一次把帽子吹远,令他够不着。我想起了圣诞老人用的和我们家一样的包装纸,突然间我明白了。只有一个明显的解释。

老爸的身影变得越来越小。我感到周围的树木仿佛在移动，夏天为我们遮风挡雨的板栗树在后退。然后我意识到，是车。车在动，在向后滑行。没有拉手刹，而我也没有在车外面把石头放到车轮后面。就在这时，老妈坐到了方向盘后面。她滑到老爸的座位上，也就是驾驶座上，把脚放在了刹车上。车不再往后退。她把车发动起来，挂上挡。变速箱嘎啦作响——她没有把离合器踩到底——但随着噼啪一声响，我们开始动了。老妈带着我们向前开，开过那块圣诞老人的牌子，开过歌声戛然而止的老爸，穿过敞开的大门。她开车带着我们穿过白雪覆盖的树林。我能闻到松树的芳香。我回头望去，老爸正站在那里，盯着我们的尾灯。雪落在他身上，落在他光秃秃的头上，落在他双手握着的帽子上。

# 姐　妹

按照惯例，波特一家会寄来一张明信片，说明他们什么时候到。贝蒂等待着。每次狗叫的时候，她都会发现自己走到楼梯口的窗户前，透过掌叶铁线蕨朝外望，看邮递员是不是骑着自行车沿街过来。快到六月了。寒意已经减退，树上的李子越来越丰满。波特一家很快就要来了，他们会要稀奇古怪的食物、崭新的手帕、热水瓶和冰块。

贝蒂的妹妹路易莎年轻时去了英格兰，嫁给了斯坦利·波特。波特是一名推销员。他说，他爱上路易莎是因为她一头披散在背后的头发。路易莎从小就有一头漂亮的秀发。小时候，贝蒂每天晚上都给路易莎梳头发，梳一百下，然后用一条缎带把金色的辫子系好。

贝蒂自己的头发则是不起眼的棕色，打小就这样。她那双手曾经是她的骄傲，一双贵妇般白皙的手，每逢星期天就会在教堂弹奏管风琴。如今，长年累月的辛劳过后，她的手已经毁了，手掌上的皮肤变得坚硬，如同男人的大手，就连指关节也大了一圈，当初戴上去的母亲的婚戒已经取不下来了。

贝蒂住在农庄上，也就是人们所说的大房子里。它原来属于一个信奉新教的地主，由于没有孩子，离婚后变卖家产，搬走了。土地委员会买下这处地产，拆掉了房子的第三层，在贝蒂的父亲结婚时，把剩下的两层仆人住处和周围七十英亩地廉价卖给了他。园子太大，就显得房子太小，而且离庭院太近，但是爬满常春藤的墙壁看起来还是很漂亮。花岗岩拱门通向庭院，里面有马厩、谷仓、高高的棚屋、马车房、犬舍和水房。房子后面有个漂亮的果园，果园四周建有围墙，原来的主人为了不让孩子们进来，在果园里养了一头安格斯公牛，因为他自己没有孩子。这地方有一段历史，一段过去。据说巴涅尔①曾经在这家的客厅里给拔去一颗牙。厨房很大，有一扇铁栏窗、一个取暖和烹饪两用的雅家炉，还有贝蒂每个星期六都要擦洗的杉木桌。客厅里白色的大理石壁炉与红木家具很相衬。楼梯盘旋而上，通向一个采光良好的平台，三道橡木门的后面各有一间可以俯瞰庭院的大卧室，还有一间贝蒂在父亲生病时请人安装了管道的浴室。

贝蒂当初也想去英格兰，但她还是留了下来，照料家里的事

---

① 巴涅尔（1846—1891），19世纪后期爱尔兰民族主义领袖、自治运动领导人、英国国会议员。

务。母亲在贝蒂和路易莎还小的时候突然去世。一天下午,她出去拾柴,回来时经过牧场倒在地上死了。对贝蒂来说,身为长女,接替母亲的位置、照料父亲似乎是理所当然的事。她父亲喜怒无常,动不动就大发脾气。她的日子过得并不轻松。她要放牧牛,要检查牛的状况,要把猪养肥,还要在圣诞节前把火鸡送上火车运到都柏林。夏天要在牧场里割草,秋天要在田里收燕麦。

她父亲发号施令,干的活越来越少,还花钱请人来干最辛苦的活。他批评兽医收费太高,侮辱生病时来为他抹圣油的牧师,把贝蒂的厨艺说得一无是处,声称一切都不应该是这样。他的言下之意是,一切都变了样。他讨厌改变。生命即将结束时,他穿上黑色大衣,在田地里散步,看看牧场上的草有多高,数数玉米秆上结了多少玉米粒,并注意到某头奶牛瘦了或者大门上有了锈迹。然后,他会在天黑前进屋说:"时间不多了。时间不多了。"

"别没病吓出病来。"贝蒂总是这样回答,继续干活。但是去年冬天,她父亲卧床不起,在去世前的三天里,他躺在床上,咆哮着,踢着脚,喊着:"白脱牛奶! 白脱牛奶!"一个星期二的晚上,他不再挣扎,离开了人世。贝蒂虽说有些难过,但感到更多的是一种解脱。

多年来,贝蒂一直都知道路易莎的情况。路易莎结婚了,但是贝蒂没有去参加婚礼;路易莎生了一男一女,如愿以偿。贝蒂每年圣诞节都会给他们寄一个水果蛋糕，复活节时给他们寄自己做的软糖，孩子生日到来时还会把自己省吃俭用下来的钞票夹在贺卡里寄过去。

贝蒂一直太忙，没时间结婚。她曾经和一个叫西里尔·道的年轻新教徒好过一阵子。但她父亲不喜欢这个年轻人。一切无疾而终。贝蒂已经过了结婚生子的年龄。她习惯了在大房子里照顾父亲，满足他的需求，平息他的怒火，给他泡浓茶，星期六晚上给他熨烫衬衣、擦鞋。

父亲去世后，她把土地租了出去，谨慎地使用父亲在爱尔兰联合银行留下的存款，以此来维持生活。她五十岁了。房子是她的，但父亲的遗嘱里有一项条款，规定路易莎在她有生之年享有居住权。父亲一向偏爱路易莎。她给了他所需要的钦羡，而贝蒂给他的只有吃的、穿的和安慰。

六月已过，波特一家仍然没有消息，贝蒂开始感到不安。她想象着烂在菜地里的生菜和大葱，幻想着在海边租一间客房，幻想着去巴利莫尼或卡霍尔角度假；但是内心深处，她知道自己不会。她从不去任何地方。她只是一味地做饭、打扫，给家里养的牛挤奶，星期天去做弥撒。但她喜欢这样，喜欢自己拥有这栋房子，知道出门回来后一切还是离开时的样子。

父亲去世后，随之而来的是一种强烈的自由的感觉。她除草，打理园子，星期六拿着修枝剪出去，剪一些鲜花，第二天供奉在圣坛前。她做了一些以前没有时间做的事情：用钩针编织东西，把蕾丝窗帘染成蓝色，换掉圣心灯的灯泡，刮去马槽上的苔藓，给拱门上漆。以后果子成熟了，她可以做果酱。她可以把土豆放进地窖，腌制温室里的西红柿。说真的，如果波特一家不来，什么都不会浪费。她渐渐习惯了要一个人度过夏天的想法，一边轻轻哼着曲子，一边在秤上称蜜饯皮的重量。这时，邮递员骑着自行车来到门口。

"他们九号乘晚班渡船过来，伊丽莎白小姐，"他说，"他们会坐公共汽车到恩尼斯科西。你得派辆车去那里接他们。"他把明信片放在碗橱上，拎起电热板上的水壶，给自己泡了杯茶，"天气不错。"

贝蒂点点头。她只有四天时间把房子收拾好。他们本该再早一点通知她的。这很奇怪，他们没有开车过来，没有开那辆斯坦利一直引以为傲、公司派给他的大轿车。

第二天早上，她扔掉了当抹布用的父亲的旧背心，提着坚固的空瓶子走进树林，将它们扔到灌木丛里。她把地毯拿到屋外，使劲拍打，扬起一阵阵灰尘。她把旧床单藏到衣柜深处，把床垫翻过来，铺上好的床单。家里总是备有一些好的亚麻布床单，免得生病的时候让医生或者牧师看到，说她的床单打了补丁。她把碗橱里所有带裂缝和缺口的盘子都拿下来，换上绘有柳条图案的漂亮餐具。

她从杂货店订了几袋面粉、糖和小麦粉。她跪在地上把地板擦得发亮。

一个炎热的星期五晚上,他们抵达了林荫道。听到出租车的喇叭声,贝蒂摘下围裙,冲到林荫道上去迎接他们。

"哦,贝蒂!"路易莎说,仿佛看到她在那儿很吃惊似的。

她拥抱了路易莎。路易莎穿着白色的夏季两件套式连衣裙,金色的头发披散在背后,裸露的手臂被太阳晒成了棕色,看上去和以前一样年轻。

她儿子爱德华长得又高又瘦,不爱抛头露面,喜欢待在室内。他伸出手,手掌冰冷,贝蒂握了握。他握手时毫无感情。那个叫露丝的女孩,连声招呼都没打就蹦蹦跳跳地朝旧网球场跑去。

"回来,亲亲贝蒂姨妈!"路易莎尖叫道。

"斯坦利呢?"

"哦,他很忙,得上班,你知道的,"路易莎说,"他过段时间可能会过来。"

"嗯,你气色很好,和往常一样。"

路易莎笑了,露出太多洁白的牙齿。她接受了贝蒂的恭维话,却没有回赞姐姐一句。出租车司机从车顶行李架上取下一个个手提箱。行李真不少。他们带来了一条黑色的拉布拉多犬,还有书籍、枕头、长筒雨靴、长笛、雨衣、棋盘和羊毛套头衫。

"我们带来了奶酪。"路易莎说着,递给贝蒂一块刺鼻的切达奶酪。

"你想得真周到。"贝蒂闻了闻。

路易莎站在大门前,望着山谷里苍翠的落叶林,凝视着远处的伦斯特山,山顶电视信号塔上的灯永远亮着。

"啊,贝蒂,"她说,"回家的感觉真好。"

"进来吧。"

贝蒂在餐桌上摆好了餐具;雅家炉上两只水壶已经沸腾,壶嘴喷出几缕小小的蒸汽。一道晚霞透过铁栏窗照在冷掉的烤鸡和土豆沙拉上。

"可怜的考文垂一路上都被关在笼子里。"路易莎说,她指的是那条狗。它瘫倒在碗橱前,贝蒂不得不把它从油布地毯上拉开,才能打开橱柜门。

"有甜菜根吗,伊丽莎白姨妈?"爱德华问。

贝蒂洗生菜的时候非常小心,现在却希望沙拉碗里不会爬出一只地蜈蚣来。她的视力已经大不如前。她烫了茶壶,把黑面包切成非常讲究的薄片。

"我要上卫生间!"露丝大声说。

"把胳膊肘从餐桌上拿开。"路易莎一边吩咐,一边从黄油盘上取下一根头发。

沙拉调料里的胡椒放多了,大黄馅饼可以再多放点糖的,但他们把一切吃得精光,最后桌上只剩下土豆皮、鸡骨头和油腻的盘子。

夜幕降临,路易莎说她想和贝蒂一起睡。

"就像以前那样,"她说,"你可以给我梳头。"

她已经有了英格兰口音,贝蒂不喜欢这种口音。贝蒂不想让路易莎睡她的床。她喜欢躺在双人床上,想睡就睡,想醒就醒,但她无法说不。她安排爱德华睡在她父亲的房间,露丝睡在另一个房间,并帮路易莎把行李搬到楼上。

路易莎倒了两杯在免税店买的伏特加,说起自己家里又有了什么更好的变化。她的家在英格兰,贝蒂从未去过。路易莎说客厅里换上了二十五英镑一米的缎子落地窗帘,卧室里用上了包着天鹅绒的床头板,家里还买了给餐具消毒的洗碗机,以及滚筒式烘干机,也就是说她再也不用一下雨就跑到晾衣绳那里收衣服了。

"怪不得斯坦利要上班。"贝蒂一边说,一边啜饮着伏特加。她不喜欢这种酒的味道;这让她想起小时候喝过的圣水,以为能治好她的胃痛。

"你不想念爸爸吗?"路易莎突然说,"他总是那么热情地欢迎我们。"

贝蒂直勾勾地看着她，感觉到忙活了四天后手臂上的疼痛。

"哦，我不是说你——"

"我知道你想说什么，"贝蒂说，"不，我并不怎么想他。他到了最后完全不像以前的他。去田里，谈论死亡。不过，你让他展现出了更可爱的一面。"

以前路易莎回来时，父亲总会紧紧地拥抱她，然后后退几步看着她。他总是要贝蒂在家里备一些无花果卷饼，因为路易莎喜欢吃无花果。路易莎想吃什么都不为过。

现在她把手提箱里的衣服一件件拿出来，举着让贝蒂欣赏。一条亚麻长裙，上面缀满了粉色蝴蝶图案；一条华丽的围巾，一条深红色的蕾丝衬裙，一件羊绒外套，一双露趾皮鞋。她拧开一瓶美国香水的瓶盖，递给贝蒂闻，却没有喷一点在她的手腕上。路易莎的衣服有着金钱带来的奢华。裙摆很宽，衬里是缎子的，鞋子的内底是真皮的。她对自己的东西扬扬得意，不过路易莎向来追求时髦。

去英格兰之前，路易莎在基利尼找到一份工作，为一个富婆料理家务。有一次，贝蒂乘火车去都柏林，要和她待一天。当路易莎在赫斯顿车站看见她穿着乡下人的服装、拎着棕色手提包时，她闪电般地夺过手提包，说："你要拎着这老古董去哪儿？"然后把它塞进自己手中的购物袋里。

此刻她坐在梳妆台边，哼着一首古老的拉丁语赞美诗，让贝蒂给她梳头。贝蒂听着她少女般的嗓音,瞥了一眼镜子里她们的身影,意识到没有人会认为她们是姐妹。路易莎留着金色的长发,戴着翡翠耳环,看上去比实际年龄小很多;贝蒂则是一头棕发,双手像男人的手一般粗糙,年龄清晰地写在脸上。

"一个如天上云,一个如地下泥",这便是她们母亲的评价。

爱德华早餐想吃荷包蛋。他坐在餐桌桌首,等着荷包蛋端到他面前。贝蒂站在雅家炉旁,搅拌着锅里的粥。路易莎仍然穿着睡衣,正在翻橱柜,看里面有什么可以吃的。

"我饿死了!"露丝说。就她这个年龄的女孩而言,她已经够丰满了。

他们几个人无论做什么都兴师动众、吵吵闹闹;他们不在乎自己占用了多少空间,只知道这个或者那个再来一点。贝蒂很少去别人家做客,偶尔去的时候总会对别人准备的一切表示感谢,吃完后也会主动去洗碗;但波特一家表现得仿佛这就是他们的地方一样。

路易莎给露丝做了奶酪吐司,自己却吃得很少。她只是用叉子把鸡蛋在盘子里拨来拨去,小口喝着茶。

"你有心事。"贝蒂说。

"只是在想一些事。"

贝蒂没有逼她:路易莎向来不喜欢透露心事。如果在学校挨了打，她从不在家里说一个字。如果有人诬陷她大笑或者说话口无遮拦，她会面无表情地跪在圣安东尼的画像前忏悔，接受不应有的惩罚，从不提及。有一次，校长打了贝蒂，她的鼻子流血不止。校长让她去小溪边洗把脸，她却穿过田野跑回家，告诉了妈妈。妈妈陪她回到学校，走进教室，告诉校长，如果他再敢动她女儿一根手指，他会死得比做黄油的比利还惨（比利几天前在南方被杀害，死状惨烈）。路易莎曾因此嘲笑她，但贝蒂并不觉得羞耻。她宁愿说出真相并面对后果，也不愿跪在圣人的画像前，为自己没有做过的事情忏悔。

星期天上午，路易莎将父亲剃须用的旧镜子挂在贝蒂房间窗户的十字架上，将自己的眉毛修成了两道完美的圆弧。贝蒂挤了牛奶，挖了土豆，准备去做弥撒。

对于路易莎的到来，礼拜堂里的人个个大惊小怪。邻居们在墓地里走过来跟她握手，说她气色不错。

"你真是光彩照人。"

"你一点也没变老。"

"你不一直都是大家的掌上明珠吗？"

"她气色真好，不是吗，贝蒂？"

他们去杂货店取电报。单身汉乔·科斯特洛拥有采石场并租用了贝蒂的土地，他在罐头食品和冷冻肉柜台之间堵住路易莎，问她还喜欢看电影吗。他身材高大,穿着细条纹西装,蓄着细长的黑胡子。路易莎去英格兰之前,他们经常一起骑自行车去看电影。爱德华正在玩弄五金货架上的捕鼠器,露丝的蛋筒冰淇淋正从裙子前面滴落下来,但路易莎没有注意到。

"你老公呢?"乔·科斯特洛问路易莎。

"哦,他得上班。"

"啊,是啊,我知道这种感觉。总有干不完的活。"

回到家,贝蒂系上围裙,开始准备晚餐。她喜欢星期天,因为她可以听助理牧师读福音书,可以见到邻居,可以在读报时听烤肉发出的滋滋声,下午还可以打理园子,在树林里散步。她总是尽量把星期天当作休息的一天,神圣的一天。

"你一个人在这儿不会感到孤独吗?"路易莎问。

"不会。"她从来没想过自己会感到孤独。

路易莎在厨房里踱来踱去,直到晚饭时间,然后沿着林荫道去邻居家串门。贝蒂待在家里,琢磨着下个星期吃什么。路易莎没有给过她一分钱生活费,连一条面包也没买过。即便不用多填满三张嘴,贝蒂的手头也很紧张,但她认为路易莎只要想起来,肯定会出手相帮的。路易莎在一些基本的事情上总是很健忘。

星期一是洗衣日。波特一家不喜欢一件衣服穿两次,而且露丝尿床,她每天都需要干净的床单。贝蒂好奇地看着这个孩子——她快九岁了——但没有对路易莎说什么,她觉得这是路易莎的痛处。晾衣绳系在两棵酸橙树之间,上面挂满了衣服。一阵大风刮来,把衣服吹得与地面平行,贝蒂觉得很愉快。有些衣服很娇贵,贝蒂必须手洗。当把手伸进满盆的肥皂水里时,她开始琢磨斯坦利究竟什么时候到来。他会带大家去海边,用卵石在海浪中打水漂,让孩子们有事可做。去斯兰尼河钓梭子鱼,去打兔子。

贝蒂起得比平时更早,为的是有更多属于自己的时间。夏天的早晨让人感到健康、凉爽。她坐在那里,头靠在奶牛温暖的一侧,看着牛奶在桶里起舞。她喂鹅,从菜地里拔胡萝卜和防风根。远方,蓝天下的伦斯特山没有任何变化,令人陶醉;花岗岩马厩的屋檐下,燕子正在筑巢。这就是她想要的生活,美好的生活。

她正用一块薄纱过滤温热的牛奶时,乔·科斯特洛突然出现在门口,挡住了阳光。

"早上好,贝蒂。"他恭敬地脱帽致意。

"早上好,乔!"见到他她很惊讶。他很少来串门,除非有一头牛走丢了,或者是过来付地租。

"请坐。"

他大大咧咧地在餐桌旁坐下。"天气真好。"

"再好不过了。"

她泡了茶,坐到桌旁,和乔聊起来。贝蒂心想,他是个正派人，打招呼的时候知道摘下帽子，用勺子舀果酱，而不是把餐刀直接伸进果酱瓶里。餐桌礼仪能说明很多东西。他们聊着牛群和采石场，爱德华突然出现了，把鼻子凑到水槽中的工具上。

"这儿的牛奶不用巴氏消毒法消毒吗，贝蒂姨妈？"

贝蒂和乔·科斯特洛被这个问题逗得大笑起来，可是当路易莎下来时，乔立刻对贝蒂失去了所有的兴趣。路易莎没有穿睡衣。她的头发精心梳理过，身上穿着那条蝴蝶图案的亚麻长裙，抹了凡士林的嘴唇闪闪发亮。

"啊，乔！"她说，好像不知道他在那儿似的。

"早上好，路易莎。"他站了起来，仿佛她是王后。

贝蒂一下子全明白了。她知道路易莎调情的方式：噘起嘴，翘起臀，抬起裸露的肩膀再放松。这是一门精妙的艺术。她让他们在厨房里聊天，然后大步走进园子里，采摘欧芹。露丝正站在树下，吃她种的李子。

"离那些李子远点！"

"好吧，好吧，"露丝说，"别发火呀。"

"它们是用来做果酱的。"

这不是什么新鲜事。以前，男人们总会打探出路易莎的下落，成群结队地围在她身边，请她跳舞。

路易莎和贝蒂年轻时曾一起参加过家庭舞会。贝蒂记得一个美好的夏日夜晚，她坐在戴维斯家的木凳上，他家离她们家只有一英里远。她坐在那里，手指摸着木头的纹路。河沟旁的丁香花已经盛开，芳香透过敞开的窗户飘进来。她记得，路易莎俯身说的话打破了那一刻的幸福。时至今日，她仍然记得路易莎说的每一个字：

"我给你一个建议。尽量不要微笑。你笑起来很可怕。"

从那以后，贝蒂每次微笑都会想起这句话。她从来没有像路易莎那样露齿笑过。她小时候患有支气管炎，不得不服用止咳药，而这些药毁了她的牙齿。从前的点点滴滴再次浮现在眼前。贝蒂一想起这些事就感到血液在沸腾。可都是过去的事了。她现在能独立思考。她已经赢得了这个权利。父亲死了。她能看到事物的本来面目，不是透过他的眼睛，也不是透过路易莎的眼睛。

当她拿着几根欧芹回到厨房时，乔·科斯特洛正用她最好的瓷杯给路易莎倒茶。

"说呀，什么时候？"

"什么时候。"路易莎说。她背对着刺眼的晨光坐着，阳光把她金色的头发照得更为醒目。

第二个星期天，贝蒂煮了一只羊腿。切肉的时候，肉里面流出一道血水，淌进了分餐盘，但她并不在意。她也不在意胡萝卜煮过了头，吃起来像橡胶。但是谁也没有提及这顿饭，一个字也没有。

她没有心情去迎合每个人的口味。那天早些时候，她走进楼下的客厅，看见露丝在扶手椅上跳上跳下。而且，家里到处都是狗毛。她的目光转向哪里，哪里就能看到狗毛。

她在房间里干活时，爱德华到处转悠，蹑手蹑脚地突然闯进来，吓了她一跳。他实在不知道该玩什么了。

"无所事事，"他抱怨道，"我们被困在这儿了。"

"如果你愿意，可以去打扫鸡舍，"贝蒂说，"耙子在谷仓里。"

但不知何故，爱德华对此并不感兴趣。他可不相信干活能增加食欲。露丝在园子里唱歌，蹦蹦跳跳。贝蒂有时会为她感到难过：路易莎很少或根本不关心她，而她这个年纪需要一些关心。于是，洗完沾了血渍的盘子后，贝蒂给她读了《汉塞尔与格蕾特》。

"这个父亲为什么要抛弃自己的孩子？"露丝问道。

贝蒂想不出答案。

贝蒂准备做果酱。她把踏梯搬到外面，伸手到树枝间，摘下每一个李子。这是她种的李子。她把李子洗干净，去核，放进保鲜盘，撒上糖，还教露丝和爱德华怎样洗果酱罐。他们对家务活一窍不通。爱德华往水槽里喷了满满一杯"仙女"牌洗洁剂，他们只好重新开始。

"你们家谁洗碗？"贝蒂问，"哦，对了，你们家有洗碗机，我忘了。"

"洗碗机？不，我们家没有，贝蒂姨妈。"露丝说。

他们做好果酱，贝蒂将罐子像炮弹一样在食品储藏室里排好。她正在想这能保存多久时，路易莎在外面串了一天门后回来，走进了厨房。她脸上红扑扑的，容光焕发，仿佛刚刚从大海里游泳回来。

"有信吗？"她问。

"没有。"

"什么都没有？"

"只有供电局寄来的账单。"

"哦。"

七月过去了，斯坦利没有任何消息。

八月，暴风雨一个接一个地到来。雨水将波特一家困在了室内，他们只好待在房间里。湿漉漉的叶子粘在窗玻璃上，黑色的雨水从菜地的条播沟之间流下来。路易莎要么躺在床上看浪漫小说、吃蛋糕，要么穿着睡衣在家里走来走去，一直到下午。她用雨水洗头发，给孩子们做脆米面包。爱德华在客厅里吹长笛。贝蒂从没听过这样可怕的声音；就像有人把一只野鸟或一只小爬行动物关在笼子里，它绝望地发出细小的声音，请求放它出去。露丝用贝蒂那把漂亮的裁缝剪刀从杂志上剪下模特和香水的照片，贴在她的剪贴簿上。

贝蒂开始担心园子。狂风把玫瑰花丛吹得瑟瑟发抖，花瓣散落在碎石上。贝蒂捡起花瓣，感到很难过。她轻轻抚摸着手中如眼睑般光滑的暗粉色花瓣。花叶上有蚜虫，布满了斑点，失去了活力。她一直忙于家务琐事，没有时间打理园子。

爱德华走近时，她仍然站在那里，想着那些可怜的花。接骨木花在风中飞舞，宛如撒下的五彩纸屑；蒙蒙细雨从灰云密布的天空中飘落。

"贝蒂姨妈？"

"什么事？"

"你死后这个地方会归谁？"

她惊呆了。这句话就像一记严厉的耳光，让她感到一阵刺痛。

"为什么这么问？ 我——"她一时不知道说什么好。

爱德华站在那里看着她，双手插在身上那条皱得无法熨平的亚麻裤子的口袋里。她突然感到眼泪要夺眶而出，于是后退几步，离他远了一点。

"进去帮你妈妈的忙！"她吼道，但是他没有动，只是站在那儿盯着她的眼睛。他的蓝眼睛很细。她打起了退堂鼓，穿过被毁坏的园子，沿着林荫道，躲进了树林里，在那里没有人能看见她。树木在风中摇摆，树下有一块湿漉漉的石头，上面长满了青苔。她坐在石头上，想了很久。

自从父亲去世后,她第一次流下了咸咸的热泪。过去的一切又浮现在眼前:她看到自己在圣诞节拧断火鸡的脖子,脚边有一堆羽毛;还是孩子的她跑进屋里,在火上暖了暖手后又跑出去,听到母亲说:"真是个坚强的女孩。"母亲走到牧场上,毫无征兆地倒了下去,念珠还缠绕在她的手指间。她看到路易莎穿着灰色衣服乘船去英格兰,回来时带着一个富有的丈夫,还有婴儿穿着洗礼长袍的照片;她父亲为外孙感到骄傲。她记得那个秋天,西里尔·道坐在山楂树下,搂着她,紧紧地抱着她,仿佛害怕她会跑掉。他俯下身,把她身下的石头拿走,那是多么温柔的举动啊。她一辈子都在干活,都在做正确的事,但真的正确吗? 她看见自己弯腰捡起父亲发脾气时摔碎的瓷盘碎片。她变成这样的人了吗? 一个只剩下碎盘子的女人? 仅此而已吗?

她现在意识到,日光之下无新事。爱德华想当然地认为他会接替她,就像她接替了母亲一样。继承不是更新。最重要的,继承是要让一切保持不变。现在唯一能做的,唯一明智的,就是紧紧抓住属于她的东西。什么也阻止不了她。

天渐渐黑了。她离开多久了? 她在树丛间走来走去。她安慰自己,路易莎早晚都会离开的。两个星期后孩子们就得回去上学。到了九月,贝蒂就可以睡个好觉,听听无线广播,把狗毛清理掉,想什么时候做饭就什么时候做饭,想吃什么就做什么,不会再有那两个讨厌的孩子问她死后会怎么样。

贝蒂回到家时,路易莎在客厅地板上铺了一块蓝色棉布,正在用贝蒂磨刀子的锉刀打磨裁缝剪刀的刀刃。

"我在想我们可以给浴室换上新窗帘。原来那些窗帘都是老古董了。"她说,把剪刀凑到棉布边上,剪了起来。

"随你的便。"贝蒂说,然后上楼躺下。

到了八月中旬,天气仍然没有好转。巨大的灰色云朵阴沉沉地笼罩着头顶。下雨的晚上,青蛙会从门缝里爬进来,贝蒂发现衣服根本干不了。她把衣服挂在晒衣架上,再把晒衣架罩在雅家炉上,然后点燃客厅的火炉,但是一股下行气流把黑烟吹进了房间。她看着门外蜜蜂从她深红色的花朵上抢走花粉,然后数着日子。

她搭保险推销员的顺风车进城,查看银行账户里的余额。八月和九月的钱已经用完了。她取出为十月份预留的钱,开始为每顿饭精打细算。

一天傍晚,她在煎薄饼做茶点,热油轻轻溅到了滴水板上。孩子们在外面。几只小鹅试图跟着鹅妈妈走下大门外的台阶,但它们的腿不够长。它们仰面摔在地上,双腿在空中乱蹬。露丝和爱德华用一根长棍把它们翻过来,鹅妈妈拍打着翅膀,冲着他们嘶嘶叫。

路易莎坐在雅家炉旁,肩上围着一条毯子。

"斯坦利什么时候来?"贝蒂问道。她将煤气炉上的搪瓷盘子端下来。

"我也说不准。"

"你是说不准,还是不知道?"

"我不知道。"

"再过两个星期,孩子们就得回学校上课了。"

"是的,我知道。"

"那么?"

"什么那么?"

"那么,你认为他会在那之前过来吗?"贝蒂说。她不小心往锅里倒了太多的煎饼面糊。

"我不知道。"

她看着面糊的边缘在热气的作用下出现了一个个凹坑,琢磨着该怎样将它翻过来。"你离开斯坦利了。"

"煎饼闻起来很香。"

"你离开了斯坦利,认为你可以留在这儿。"

"你要我把桌子摆好吗?"

"你知道这是你到这儿以后第一次这样问吗?"贝蒂转过身来面对着她。

"是吗? 爱德华! 露丝! 进来喝茶吧!"

"路易莎!"

"我有权住在这里。爸爸的遗嘱里写着呢。"

露丝跑了进来。

"洗手。"路易莎说。

"你不是说已经准备好了吗?"露丝盯着空桌子说。

"会的,亲爱的。很快。"

那天晚上,路易莎从厨房里出来。她在客厅里生了一小堆火,坐在大扶手椅上,开始读《战争与和平》。贝蒂出去挤牛奶。她感到一种奇异的情绪落在了自己身上,一种水晶般清澈、抚慰心灵的情绪。现在一切都已明了。她回屋时,路易莎已经洗过澡。她坐在壁炉前,背对着贝蒂,往脖子上抹冷霜。一条毛巾包裹着她的秀发,宛如阿拉伯人的头巾。壁炉架上有两个玻璃杯,里面倒满了伏特加。

"孩子们睡了吗?"

"是的。"路易莎说。

她递给贝蒂一杯伏特加,贝蒂猜这是想讲和。她们默默地啜饮着,白天的亮光渐渐淡去。

"我给你梳头吧。"贝蒂突然说。她上楼去拿梳子,回来时看到路易莎正坐在壁炉架前看着镜子。

贝蒂从围裙口袋里掏出梳子，轻轻取下路易莎头上的毛巾，开始解开盘着的头发。路易莎的头发齐腰长，闻上去有股奇怪的蕨类和水果的味道。

"洗发水不错。"

"是的。"

月光透过落地窗肆无忌惮地照进来。她们可以听到爱德华在楼上的大房间里打呼噜的声音。

贝蒂开始给她梳头，梳齿穿过一绺绺潮湿的金发。

"就像从前一样，"路易莎说，"我希望能回到过去。你有过这种愿望吗？"

"没有。反正我做的是同样的事。"贝蒂说。

"是啊。你才是聪明的那个。"

"聪明？"

"可怜的老贝蒂，一直在拼命干活。你得到了想要的一切。"

"你没有吗？丈夫、孩子、漂亮的房子。照顾父亲可不是件轻松的事。"

一片寂静。房间里似乎安静得令人难以忍受。贝蒂太忙了，忘了给落地钟上发条。一缕凛冽的寒风从门下的缝隙里钻了进来。

"没有缎子窗帘。"贝蒂说。

"你在说什么？"

"洗碗机，滚筒式烘干机。你自己编的。都是编出来的。"

"那不是真的。"

路易莎仍在欣赏自己在镜子中的样子。她坐在那里，像服用过麻醉药，目不转睛地盯着自己的身影。她不愿意在镜子里与贝蒂眼神交汇。她不在乎贝蒂是怎么将就过日子的，不在乎贝蒂给她的孩子们寄英镑钞票，不在乎贝蒂放弃了结婚的机会，几十年如一日地拎着水桶穿过庭院、撒粪、洗父亲的内裤。她相信自己可以来这里生活，侵占贝蒂的地盘，让她像奴隶一样忙碌，照顾她和她的孩子，直到生命的尽头。

贝蒂把手伸进围裙口袋。就算路易莎感觉到了脖子上的寒意，她也没办法做出反应。她没有看见金属的光芒，那是她刚刚亲手打磨的刀刃。贝蒂握着剪刀，快速地一剪。只用了一秒钟。贝蒂的手很有力。她还握着剪刀，而路易莎终于察觉到了异样，看到了地毯上的头发。

路易莎尖叫起来，嘴里说着一些半真半假的话。说贝蒂贪婪无度，一个人住这么大的房子，没有一丝同情心。但贝蒂已经不再听了。

路易莎哭了。她整晚都在哭，边哭边收拾行李；第二天早上还在哭，边哭边带着孩子和狗离去。贝蒂什么也没说。她只是站在门口，望着外面蔚蓝色的晴朗早晨，露出了她可怕的笑容。

没有了金发，路易莎什么都不是。

## 冬天的气息

后来,无论何时想起这件事,汉森都说不出自己为什么要在那个星期天带着孩子和年轻的保姆去格里尔家。格里尔的情况很糟糕,深陷于汉森不应该沾边,甚至不应该接近的事情。但事实是他确实去了,而且确实带着两个孩子一起去了。

那是一个炎热的秋日,但傍晚的风已经带了一丝冬天的气息。风随意地从北方吹来,把夏天从树上摇落。汉森没有带上妻子莉莉。她怀了第三个孩子,正在沙发上睡觉。他不想把她吵醒,就留了张字条:"去格里尔家了,很快就回来。"然后用铅笔画了一个X,表示亲吻。他用磁铁把条子贴在冰箱门上。

汉森不慌不忙地开着车,还把车窗摇了下来。一股树叶烧焦的气味飘进旅行车。那是火堆冒出的烟,还掺杂着别的气味,像是有肉烧焦了。这让汉森感到不安。也许是某个农夫在焚烧死掉的羊。小男孩哭哭啼啼,保姆搂着他,一路上给他念图画书里的故事。汉森在一扇铁门前放慢了车速,保姆明白他的意思,下车打开大门,待车过后再把门拴好。他们拐上一条长长的土路，车辙之间长满了绿草。他们经过一间砖砌的棚子，厚重的门闩着，有几匹夸特马在带刺的铁丝网里吃草。高大的灌木掩映着路面，枝条在风中轻轻拍打着。

泰德·格里尔戴着草帽从屋后的台阶走下来，和汉森握手。泰德又矮又胖，不修边幅，穿着脏兮兮的裤子和皱巴巴的白衬衫。他敷衍地笑了笑，露出一口白得不像真的牙齿。"嘿，你们好。"他对孩子们说，揉了揉他们的头发。他们拿着鱼竿和手提冰箱来到湖边，站在白色的沙滩上。湖面犹如一枚五分硬币，圆圆的，泛着银光。泰德·格里尔把手伸进一个饲料袋，掏出鱼食，撒在水面上。一群饥饿的鲇鱼游到水面，狼吞虎咽地吞食颗粒状的鱼食。保姆替孩子们解开鱼线上的结。他们不需要诱饵。鲇鱼咬住了光秃秃的鱼钩，孩子们退到岸边，看着它们死在沙滩上。

"肯定有三磅重，也许四磅。"汉森说。

泰德·格里尔用假牙咬着下嘴唇："肯定。"

年轻保姆的心不在这上面。她厌倦了每个周末都来乡下钓鱼，却又从来不吃那些鱼。她厌倦了在星期天工作。她告诉两个孩子要小心鱼钩，然后脚上网球鞋一使劲，把钓上来的大部分鱼重新踢回湖里。孩子们也厌倦了钓鱼。他们一面在身上搔挠，一面轻声咒骂着。

"你怎么啦,儿子?"汉森说,"以前没见过虫子吗?"

"他只是累了,"保姆说,"他没有午睡。"

他们把几条死鱼放进手提冰箱,保姆察觉到他们想要独处,便带着两个孩子去散步。

"她还好吗?"他们走后,汉森问道。

"老样子。"

"你请医生了吗?"

"医生帮不了什么忙。他们会把她送进医院,给她下药,然后她就会开口说话,天知道要是她开口,会发生什么事。"

"你跟别人说过……你现在的困境吗?"

"困境!"格里尔摇摇头,"你们这些当律师的总是使用最好的词。这正是我一直担心的。"他在沙滩上凭空踢了一脚,"见鬼,不,查尔斯,我谁也没有说。我很抱歉告诉了你,把你牵扯了进来。我把自己弄得一团糟。"格里尔把剩下的鱼食倒进水里;鱼食碎屑漂浮在水面的涟漪中。他们站在那里,看着鱼儿互相争夺。他们站在那里,看了很长时间,直到鱼食被吃完,鱼儿游到了水深的地方。

格里尔家的房子是木制的,里里外外都漆成了生猪肝的颜色。一排山核桃树掩映着后面的房间。阳光穿过树叶,在木地板上投下皱巴巴的黄色影子。厨房里弥漫着氨水和汤的味道。灶台上放着几个吃了一半的油腻腻的盘子。格里尔把手伸到食品柜架子上，紧紧握住一个威士忌酒瓶的瓶颈。汉森注意到垃圾桶里塞满了空酒瓶。

"你一直在借酒浇愁吗？"

格里尔凝视着他。"你觉得我也许应该带个姑娘回来？"

"听着，这真的不关我的事。我只想说，别喝太多，免得一不小心出事。"

他走到窗前。保姆和孩子们跪在院子里，翻着泥土里的什么东西。

格里尔擦去额头上的汗水。

"他怎么样？伤势好点了吗？"

"哦，好多了。那黑鬼一天比一天好。我妻子整天这个不吃那个不吃，都快要把自己饿死了，黑鬼的肚子却怎么也填不饱。他现在比猪还肥。"

汉森把手搭在格里尔的肩膀上，有那么一瞬间，他心惊胆战，以为格里尔要哭了。然而，格里尔只是转过身，伸手从碗柜里拿出两个杯子。杯子上落满灰尘，他拿到水龙头下，冲洗干净。

"我真正担心的是以后发生的事，还有将来会发生什么，"格里尔说，"我不知道这件事何时能结束。不能永远把他关起来吧。在我看来，现在只有一个结局。"

"你只要确保他不会说出去就行了。"

"你听说过有哪个黑鬼能守口如瓶吗?"

汉森无法回答这个问题。格里尔身上有些东西他永远无法理解;他们对这件事的看法始终无法达成一致。他们拿着酒瓶走进客厅,坐了下来。扶手因手臂搁在上面那么多年而有所磨损。壁炉上方有个相框,上面是罗纳德·里根微笑着参加竞选活动的照片。

"如果是钱的问题——"汉森开口道。

格里尔摇摇头。"钱只会把事情弄得更糟。不,先生,钱无法解决这个问题。如果我给他钱,他只会跑回来,索要更多。"格里尔看着汉森的眼睛,"哦,该死,查尔斯,别以为我不感激你——"

"没关系,"汉森挥挥手,表示自己不在意,"你压力太大——"

"压力。有时候我觉得自己快疯了。"

孩子们爬上山核桃树,摇晃着核桃。啪,啪,核桃落在窗外的水泥地上。保姆手里拿着一块石头。汉森听到她说,他们一定要小心,这样才能把壳砸开而又不砸烂核桃仁。她总是告诉他们要小心。

两个男人默默地喝着酒。墙上的时钟滴答作响,滴答得很慢,就像电池快没电了。汉森抬头看了看时钟。突然,他站了起来。

"我能见见她吗,泰德? 我想见见她。"

"没有用的。"格里尔说。

"如果我能见到她,也许我就能明白了。"

格里尔双手抱头。汉森望着杯中的威士忌,看着冰块融化,让格里尔冷静下来。有个小气泡在威士忌表面爆裂开。几分钟过去了。格里尔把手伸进口袋,掏出一把银钥匙。他把酒喝完,站了起来。刮胡子的时候他划伤了脖子,那里有血迹。他的手在颤抖。汉森想知道,人在被执行死刑时是不是就这个样子。他猜是的。

格里尔领路,穿过铺着地毯的大厅,来到最后那扇门前。他轻轻敲了两下,然后打开门。里面散发着一股奇怪的酸味,不像是人类的,不像是任何有生命的生物的。房间里很昏暗,床上方的墙上挂着一张彩色照片,照片上的女人用手托着一匹摩根马的鼻口。照片下方躺着那个女人,完全不成人样,胳膊肘像铰链一样锋利;手臂像洋娃娃一样,上面青一块紫一块。格里尔妻子的体重不可能超过七十磅。

格里尔坐到床上,握住她的一只手。

"嘿,我的夫人。"他低声说,用手指拍拍她的头。

慢慢地,她转过身去,背对着他。她蜷缩成一团,膝盖顶着下巴。谁也没有说话。

他们来到另一个房间后,汉森说:"不管你怎么对他,都不过分。"

"这句话你到法庭上去说吧。"格里尔说。

他重重地坐到柳条椅上，仿佛他是铅做的。汉森听到他身下的柳条发出了嘎吱声。

"我应该开枪打死他的，但现在为时已晚。我只是没有开枪的勇气，"格里尔说，"我本可以说那是正当防卫。如今这件事却在要我的命。大多数时候，我觉得我应该报警。真的。如果我有个像样的律师，一个像你这样的律师，他早就蹲大牢了。可是我看着她，看着自己的妻子，在那个房间里把自己饿死的样子，我知道我不会满足于让他蹲大牢。有一天，也许是几个月后，我去商店，会看到他坐在外面，在门廊上喝柠檬汽水，他从里面被放了出来，重获自由。没有人再蹲监狱了。没有正义。这个国家的正义到底怎么了？这就是我想知道的。"

汉森沉默不语。有益于健康的淡紫色的阳光从树林间倾泻而下。汉森想离开——他真不该来这里——但他等着格里尔有所表示，让他离开这儿。百叶窗帘拍打着，穿堂风将它吸了进去。

"不要指责我，查尔斯。别对我评头论足。你能看着我的眼睛告诉我，如果有个黑人闯进来，对你妻子做了那样的事，如果有个男人闯进你家里强奸了莉莉，你会用不同的方法对待他吗？"

汉森没有回答。

"怎么着？"

"不会，"汉森诚实地说，"我不会。"

汉森呼喊孩子们回家，却没有听到回应。他走到外面，喊着他们和保姆的名字，但只听到自己的回声，还有林间的风声。他看着格里尔。格里尔看着尘土飞扬的道路。他们跑出去，上了卡车，驱车去追。当他们看到那几个人时，知道已经太迟了。棚子的铁门是开着的。格里尔忘记把挂锁锁上。

"上帝啊。"汉森说。

不远处，就在前方，一个年轻的黑人，被阳光刺得睁不开眼睛，正以最快的速度穿过田野，朝公路跑去。保姆在尖叫，孩子们也在尖叫，边跑边叫。在离棚子大约一百码的地方，两个男人像野兽一样抓住了孩子们，气喘吁吁地把他们搂在怀里，紧紧抱着。保姆尖叫道："我不干了！我不干了！你们这些狗娘养的杂种！"她朝着那个黑人的方向跑去，留下抱着孩子的两个男人。

## 再怎么小心都不为过

我叫耶利米·以西结·德弗罗。我老爸是个《圣经》迷,不过我们暂且不谈这个。大家都叫我J.E.;布奇也这样叫我,但我想这并不重要。我于一九四三年十月九日出生在巴吞鲁日总医院。在我五岁那年,我们搬到了康菲修斯,住在克莱门街16号。打那以后,我就一直住在这里。

你只想知道事实:发生了什么事,说了什么话。如果我早知道,那晚我就会待在家里了。我可以说我得了肾结石或者牙疼,或者说我是个女人,已经怀孕,然后回床上睡觉;可事实是,我想去。我和他一样很想去那片水域,我可不会让本能这样的小事改变我的想法。

我知道布奇并不是天使;我一眼就看出来了。他也没有假装自己是天使。他告诉我,有一次他回到家,用0.22口径的手枪射穿了电视机,就因为他不喜欢上面的新闻,不过他说他当时喝醉了。他说没有什么比喝醉时家里还有枪更糟糕的事了。他说他把所有的枪都处理掉了。我相信了他。我以为他只是喝醉了。我知道，喝完一瓶波旁威士忌后会发生奇怪的事情。而且，天哪，他真能喝。相信我。

他打电话来的时候大约是凌晨三点。我记不清确切的时间了。布奇突然打来电话，说，还记得我吗？我说当然记得，因为我立刻就听出了那个声音。他问我愿不愿意去钓鱼，说他找到了我的电话号码，还说他想在天亮前赶到河边，然后驾船到河上去，问我感不感兴趣。我没觉得这有什么奇怪的。我估计他是一时来了兴致，想到河上转转，彻底远离城市。见鬼，我经常接到这种电话。渔民睡觉的时间很不规律。我没想太多。我告诉他我会在哪儿，我的船在哪儿，他说他会自己去三角洲找到我说的地方。他说我只需带上渔具，剩下的全交给他。布奇说他很期待。他当时听上去并没有喝醉。警察问过我证件的事。他们问我布奇姓什么。我不知道他姓什么。我是个渔民，你上我的船之前，我不会要求你出示驾照。

嗯，我的卡车停在屋前，佩罗正好坐在他家门廊上，像往常一样探头探脑，关注每个人的大事小事。佩罗是我的邻居。佩罗要是不记下你的车牌号，七月都会飘雪。那个爱管闲事的混蛋。他以前是雷子——我是说警察——后来犯事被开除了；但他时刻关注着周围的一举一动。他还把自己当成警察。我估计他和警察局里那些老伙计仍然关系密切。但他看见了我。我上车时，他向我点点头。我们什么也没说,只是点了点头。我看见他的时候,他穿着一件丑陋的夏威夷式短袖衬衫。问问他妻子他那天晚上穿的什么。反正那家伙一心就想当警察,最大的愿望就是要回他的警徽。只要能重新回到警察局,他会让黑鬼进入他家,说他们是白马。

我赶到河边时,天还没亮。布奇已经到了。与我上一次见到的不同,他剃掉了胡子,看上去好像一晚上都没有睡觉。我带他看了船,他说船很漂亮。我让他稍等,我把车上的收音机调到天气预报台;但是布奇说他不想听收音机,还说我们这是要去钓鱼,要忘掉这世上一切该死的东西,就是这样。我没想太多。我只是觉得他等不及要去那里。他确实带了猎刀,但对于一个要去钓鱼的人来说,这并不稀奇。

我第一次见到布奇时,他喝得酩酊大醉。我去新奥尔良过狂欢节,住在妹夫家,他在法语区有一套顶层公寓。我只是去找点乐子,你知道的。狂欢节。星期天下午,布奇出现了。我记得那天是星期天,因为人们正从大教堂里出来。游行开始前,我四处走动,观看庆祝活动,仅此而已。回想起来,我仍然无法确定自己怎么就去了布奇所在的那条街。我之前在波旁街,查找那些脱衣舞夜总会。别误会,我没有进去,什么都没有。他们告诉我,那些地方一瓶啤酒就要六美元。布奇长得不错,这是肯定的。我会说他是个女人杀手,是不是很好笑? 他和我差不多高,但头发乌黑,戴着一顶草帽，市场上卖的那种，喷漆成黑色，上面插着一根紫色羽毛。他就站在街上唱歌。那里不是只他一个人，有一群人呢：一个吹小号的黑人、一个奇装异服的吉他手、一个奏刮板的女郎，但他们还有一架带轮子的钢琴，以及一个长相古怪的瘦家伙在弹贝斯。布奇站在前面。我不记得具体是哪首歌了，但是天啊，他唱得真不错。那是一首卡津①歌曲，他用法语演唱，却给人一种柴迪科舞曲②的感觉。我从来没见过谁喝得像他那样醉。我在想：希望这首歌唱完之前，不要刮来一阵微风，把那家伙吹倒。他就醉成那个样子。他们周围渐渐聚集了一小群人，都是游客。我看到萨克斯管盒子里有一堆钞票，布奇戴着那顶黑帽子，咧着嘴笑。我的天哪，那笑容。他的歌喉如蜜糖般甜美，而且有着优秀歌手的那种粗犷。你明白我的意思。

他演唱完，我把手伸进口袋里找零钱，却突然意识到我旁边的那个孩子——离我不到六英寸远——肩膀上盘着一条肥大的蟒蛇。我怕蛇怕得要死。那条讨厌的蛇离我那么近，就像你离我这么近一样。千真万确。现在回想起来，我对那天印象最深的就是这一点。那条蛇差一点咬了我，就因为布奇。

---

① 一种法裔路易斯安那州人的音乐，掺杂了布鲁斯和民谣元素。
② 最先源于美国路易斯安那州南部的一种美国黑人舞曲，通常以手风琴和吉他为其特点。

我后来在酒吧见到他,请他喝了杯酒,说他唱得很好,并告诉他我老家在哪儿。结果他知道康菲修斯这个地方,他有个叔叔住在那里。我正式介绍了自己,告诉他我是做什么的,还说随时欢迎他过来,我们可以一起驾船出去玩。我在一张杯垫上给他留了电话号码,所以他给我打了电话。

好了,言归正传。我和布奇把装备搬上船。你必须当心把什么东西放在什么地方,因为船不大,会侧翻,我们必须保持平衡,而布奇是个大块头,体重超过二百磅,所以我们一开始就必须把东西放好。别忘了,他还带了一个冷藏箱,里面装满啤酒。

天还没亮,但东方已经破晓。那个时候,捕虾船正开出去。他们看到了我们。布奇叫我穿上救生衣,因为天太黑。他说如果我掉下去,他不知道怎么找到我。我记得当时我还觉得他很周到。我知道布奇不会游泳——他告诉过我,他有一次差点淹死——一个紧张不安的人可不会想到这一点,可谁知道呢。于是,我们启动发动机,顺河而下。当时天很冷。经过的大船不断掀起波浪,拍打着我们的船尾。我很幸运我不晕船。有些人会完全受不了。

布奇爱喝酒。我们一到下游,他就开始喝酒。他啪啪啪地打开啤酒罐,像是饿了四十个昼夜一样。我一开始没有想太多。我以为他是遇到了女人之类不顺心的事。当然有女人。我是说那些女人听了布奇唱歌后就开始排队等他。妈的,我也差点去排队了! 就像我说的,我没想太多。我知道他喝醉后会做疯狂的事,所以说疯话也没有什么奇怪的,我猜。我是说,我们都有过想杀了老婆的时候。我们在钓鱼,明白吗? 别忘了我们在钓鱼。布奇的胳膊很有力,鱼线可以甩出去很远。他有一把钳子,专门用来对付鲇鱼。每次钓到一条鲇鱼,他就会把鱼线收回来,用钳子把鱼嘴固定住,取下鱼钩,扔到船后面。这样,那些该死的鲇鱼就不会咬他了。布奇很有头脑,能想出这种事来。他还想到了火花塞,把旧火花塞用作铅坠。布奇真的很有头脑。你得考虑到这一点。我钓到了几条不错的鲈鱼,每条肯定有六七磅重。我还钓到了一条从没见过的怪鱼。它有两三英尺长,像鳗鱼,但不是鳗鱼。颜色和鳗鱼不同。布奇把它从钩子上取下来,弄断了它的脊椎骨。我听到啪的一声,怎么说呢,就像发动机点火的声音。他咧着嘴笑。他那样子吓到我了,好像他特别喜欢干那种事。

过了一会儿,他不再往鱼钩上装鱼饵,开始说她是个贱货,诸如此类的话。他说最让他痛心的不是她干了什么,而是她与谁干了那事。一开始我希望他能闭嘴,别把鱼吓跑了。然后他开始叫她婊子,说他爱那个婊子,说他点燃了煤气灶,把她的手放在火上烤,可她还是撒谎。我没有试图改变话题。他非常激动。布奇说他外出的时候应该把门锁上。说他几年前就该在那栋房子周围装上铁丝网。说那婊子活该。这是他的原话。

我只去过他家一次。有天晚上，我去了迪凯特鸡尾酒吧，他在那里有演出，然后我们去了他家，在那里见到了她。她叫卡洛琳，但他叫她丽娜。她真的很年轻，比布奇足足小了十五岁。人也很漂亮。她在自己做香肠。那女人厨艺不错。她留着一头长长的红发，没有剃腋毛，这一点我记得。她在阳台花盆里种了各种各样的草药。墙上挂着一张比莉·哈乐黛①的海报。如果我没记错的话，就是比莉·哈乐黛那张耳朵后面插了朵玫瑰的海报。布奇甚至没有介绍我们认识。也许麻烦那时就已经开始了，我不知道。但那个女人很漂亮。我做了自我介绍，她从冰箱里拿出一瓶啤酒递给我，冲我笑了笑，好像布奇的恶劣表现没什么好稀奇的。任何男人只要长了眼睛，都能看出她很漂亮。我从没碰过那个小女人。从来没有。我喝了啤酒，聊了聊天，吃了她做的饭菜，仅此而已。我从没碰过她。我是严守清规戒律长大的。不得垂涎邻居的妻子，这条戒律我可从来没有打破过。

河面上慢慢热了起来。风平浪静的时候，水面会反射阳光，把热气反射到你身上。布奇脱下身上的狩猎背心，我注意到他的衬衫上有血。我问他是不是出了车祸，他说是流鼻血。我没有下锚，船径直向海湾漂去。几只海豚从我们身边游过。我什么都没有说，因

---

① 比莉·哈乐黛（1915—1959），美国黑人女歌手，被誉为爵士乐女皇。

为我不想让他更加生气。也许这就是我的错,因为我觉得他忘记了我在那里。我觉得他有一半时间都在自言自语。你真该听听他说了什么。

他把她的手放在煤气灶上烤,我就知道这么多。事情失去了控制。显然,她用冰锥戳了他一下。他说枪一下子就响了,他一点都不喜欢。但他说他让那婊子流了好多血。他在胡说八道。他说那婊子用了最后一招。他说她再也不会对任何人说谎了。啤酒喝完后,他变得非常安静。我从没见过布奇安静下来。也许这就是我一开始不愿相信这件事的原因。我猜你可能会说我在某种程度上是在否认,但你肯定在新闻里听过这些疯狂的事情:一个家伙用双管猎枪把他老婆的脑袋轰掉了,还有类似的事情,对不对? 好吧,总会有一个小老太太从隔壁过来,说这家伙怎么怎么安静,说他从来没有在附近惹过麻烦。就像我说的,我从没见过不胡说八道或者不唱歌的布奇,所以他一旦不说话,我就心惊胆战。我这时已经知道事情是真的。他们不只是大吵了一架,他也不是在瞎编,尽管我知道他谎话连篇。我知道他杀了那个腋下有毛的小女人。

我这时已经快到入海口了,四周看不见陆地。我和一个杀人犯坐在一条船上。

啤酒喝完后,布奇不再假装对钓鱼感兴趣。周围没有一丝风,虫子都快要把我们活生生地吃了。布奇把空罐子扔到水里,让它们漂向大海。我在流汗,他也在流汗。我能闻到他身上的气味,也能闻到自己身上的气味。我能听到他的靴子嘎吱作响。我们没有带吃的东西。我早该注意到的,他没有像他说的那样把所有东西都带来,但我们出发的时候天很黑。他不再和我说话。我能听到他的肚子在咕咕叫。就是这么安静。我们就这样坐了很久,水拍打着船。太阳升到了我们头顶,然后从另一边斜照下来。

我想大概是在下午两三点的时候,我看到了那条船,一条你会租上一天的小渔船。他们在河更下游的地方下了锚,但是布奇掌着舵,在他们抛出第一根鱼线之前就把船开走了,离开了那里。离开了他们的视线。周围没有鸟。我记得当时我觉得很奇怪。我试着去想我口袋里有什么。但我只有一包香烟和钱包。我甚至没有一把折刀。布奇正慢慢清醒过来,我猜他一定在脑子里回想着他说过的话。他抽着烟,凝视着远方。他没有递给我一支,而我浑身颤抖,不敢点我自己的烟。我必须快速思考。我设身处地从他的角度来思考。我想,如果我干掉了自己的女人,然后和一个像我这样的男人在一起,我会做些什么。布奇对我不够了解,远没有到相信我的地步。他可能会割断我的喉咙,然后把舷外发动机绑在我身上,把我沉到水里去。谁都会那样做的。但他不想冒被人发现的风险。他要等到天黑——我猜是的。最早也要到第二天早上才会有人发现我。见鬼,他们可能永远不会发现我。你得等上四十八小时才能给失踪人员立案，而不是在有人报告我失踪的那一刻。

我开始祈祷。我已经好多年没有祈祷了。我以为自己再也回不了家了。再过几天就是我的生日。我在脑海中回想自己这一生，我到底做了什么，落得这样的下场。我记得一年级的时候欺负过一个小孩，心想肯定是上帝来带我回去了。一个斜眼的小男孩，写出来的字歪歪扭扭的。我过去常在棒球场上把他揍得够呛。真可笑，居然会想到那些事。但我的意思是，我远在密西西比三角洲，看不到陆地，与一个杀人犯坐在一条船上，一个我在酒吧认识的人，他喝得醉醺醺的，告诉我他刚刚杀了他的老婆。然后他清醒过来，意识到他告诉了我。我该怎么做？布奇掌着舵。我不知道该怎么做。我是说，你会怎么做？

我正在想我可以朝他扑过去，把他弄下水，他突然动了。布奇站了起来，我想这下要完蛋了。在船上，你永远不应该站起来。我以为我的死期到了。船开始摇晃。布奇扯了下皮带，我想大概是在找他的猎刀，而我正在收线，用眼角的余光看着他。没错，我一直在抛出鱼线，装作什么都没发生，装作他只是给我讲了个钓鱼的故事。但是他站了起来，解开裤子。我想也许他是个同性恋，要强奸我。但他只是站在船边撒尿。仅此而已。我想过把他打到水里去，但我刚下定决心，他就又坐了下来。我想我只是没有这个勇气。

我的手在颤抖，根本就没办法钓虾。波浪摇晃着小船，我的胃开始不舒服。我想我有可能会吐。这时,我想起有一次看了部电影,里面有个女孩被一个连环杀手抓住,她不停地说话,不停地说着自己的名字,这样他就不会忘记她是真实存在的。她开始讲自己的童年,讲她的家庭,这让杀手更难对她下手。我实在忍不住了,反正他也不说话,于是我开始说,他应该把鱼线抛出去,别在那儿浪费时间。我表现得很正常,想到什么就说什么,就像我从没听过他说的那番话一样。谈天气,谈鱼,谈狂欢节,谈卡津人的演出,什么都谈。谈我在学校的时光,还有十六岁时在码头吻了一个俄克拉何马州的姑娘。我祈祷不要钓到任何东西,因为我知道我将无法把它从鱼钩上取下来。我的手就抖成那样。但最可怕的是,他什么都没说!他就坐在那里,看着我。在我开始说话之前,他一直望着远方,但我一开口,他就直直地看着我。我一定说了好几个小时,说了所有我能想到的蠢话,但我仍然站不起来,他也仍然不搭理我,即使我问他问题。我甚至不知道他有没有听到我说的话。他的目光穿透了我。黄昏时分,我不再说话了。我看到另一条船经过,但布奇并没有帮我解围,所以我只好又开始思考起来。我想如果我能回家,我会多待在家里,把酒戒掉。我要扔掉猎枪,滴酒不沾,重新去教堂做礼拜。

太阳快落山了。真的很漂亮,是不是有点奇怪? 我在想这样的夜晚很适合外出。我看见布奇在看太阳,船调转方向时,他就转过头去看着。我想,他要是能唱歌就好了。我知道这听起来很疯狂,但这就是我想要的;如果他能唱首歌,事情会容易一些。布奇有着我听过的最动听的嗓音。

这时,他站起来说了些什么。他说:"你会怎么做?"

你得明白,当时我真是吓坏了。我以为所有的话都说完了。

我说:"我会做什么?"

"如果你回到家,发现她整个下午都在和别的男人鬼混,你会怎么做?"

我想了很久,想着该说些什么;然后我说:"我会打爆她的脑袋,布奇。我不会犹豫的。"

你要明白,我当时什么话都愿意说。

你知道他是怎么回答的吗? 他看着我,咧嘴一笑,说:"我就知道你会这么说。"

"然后我会钻进卡车,一路开到加拿大。"我就是这么告诉他的。我说,他们会认为他逃往了墨西哥,所以他最好去相反的方向。

"你去过加拿大吗?"他说,"那地方很冷,比臭婊子的奶子还要冷。"他摇了摇头。

你能相信吗? 这个男人衬衫上沾着一个死去的女人的血,而他在担心天气。

所以我觉得他没有去加拿大。如果你在寻找布奇,那就往南或往西去,但不要往北。你在加拿大找不到布奇。

我认为他真是个大傻瓜,干了那样的事,还跑到河上去;但是我现在知道那是他最聪明的做法。我没有看过警察来三角洲追捕凶手。他们只会在州际公路上搜查。把我带上也不是个坏主意。我是说,他们寻找的目标是孤身一人的家伙。

有一件事我现在要说清楚,在我说一下句话之前,应该让你知道。你要明白,我不是英雄,我也不会假装自己是英雄。看到我的做法后,你可能觉得你会有不同的表现。你可能会像鳄鱼一样跟他搏斗,把他推到水里,用船桨砸破他的脑袋。但是你要明白:我当时面对的是生死攸关的局面。我从没遇到过那种事。就像电影里的慢动作。一切都放慢了速度。每一件小事都有了某种意义。布奇抽动一下眼皮,都可能意味着什么。只要能活着离开那艘船,我什么话都愿意说。我会发誓不向任何人透露一个字,但这并不意味着我有罪。我是这一事件的受害者。

我说过了,我不是英雄。天渐渐黑了。布奇启动发动机,开始把船向上游开去时,天色已晚,快到夜里了。我不知道他准备干什么。完全不知道。我不知道他是要割断我的喉咙,还是要放了我,还是要去自首,还是怎么的! 我看见一条拖网渔船跟在我们后面,也在向上游驶去。布奇把船开进这个潟湖,让拖网船过去了。

那个人熟悉这条河。他让船漂进芦苇丛中，然后关掉了发动机。

那里真的很平静。像玻璃。我能看见水里的鲈鱼，还有鳟鱼。我也能看到布奇的脸。他看上去很平静，那神情不像是要杀人。我们的目光在水里相遇了。

他就在这个时候脱掉了衬衫。那家伙肚子上全是毛，黑乎乎的毛，像狒狒一样。他叫我下船。我们就在芦苇丛旁，所以我下了船。我几乎站不住，两条腿抖得厉害。我不介意告诉你，我吓得尿裤子了。我踩在沼泽地上，双脚陷下去了一点。我的心像揣了只兔子一样怦怦直跳，感觉胸口都要垮掉了。没有地方可去。那只是个沼泽小岛。总之，我不想做出任何突然的举动，不想做任何可能会让他生气的事情。

他拿起绳子，用猎刀割下一大截。他说只要我合作，就不会发生什么坏事。他叫我规矩点。真搞笑，他说话的方式，让我很受伤。"规矩点。"我四下看了看，没有一条船，连小划艇也没有。月亮出来了。我又试着跟他说话，试着跟他讲道理。他叫我闭嘴，并要我把衬衫脱了。解扣子的时候，我的双手不听使唤，可我不想把它从头上拉下来，因为那样他就可以趁衬衫遮住我的头时对我动手。这时，他把自己的衬衫扔过来，要我穿上。他让我扣上扣子，躺下去，把手放在背后。他戴上手套，撕下我衬衫的一只衣袖，用它堵住我的嘴。我有哮喘之类的毛病，用鼻子呼吸不大顺畅。他把我推倒在沼泽地里，我站不起来。我什么也看不见。也没有人能看见我，因为周围都是芦苇。他就站在那里，拿着猎刀，看着我。然后他俯下身来，把嘴凑到我的耳朵旁边。你想知道他说了什么吗？"别紧张。"这就是他说的，就像他正要走出迪凯特鸡尾酒吧，在演出结束后回家找丽娜一样。妈的！他把手伸进我的口袋里，掏出我的车钥匙，回到船上，向上游驶去。我没死在那里真是个奇迹。

布奇是个聪明人。他或许是世界上最聪明的人。你可能认为他只是个不入流的中年卡津歌手，但他很有头脑。他把我带到那里，让我穿上他的衬衫，而那上面全是丽娜的血。他跑了。妈的。他把所有的屁事都丢给了我，还有一个故事，他知道没人会相信这个故事。这真是太聪明了，不是吗？我是说，就像爱因斯坦，太聪明了。他做了一件事，他知道不管我告诉谁，他们都不会相信。他是对的，不是吗？如果真相是谁都不相信的，你该怎么办？你该怎么办？就像我说的，布奇很有头脑。他吃定了我，知道没有人相信他所干的事。要是换了一个人，肯定会割断我的喉咙，把舷外发动机绑在我身上，让我沉到水底，可是不，布奇不会。他这会儿在哪儿？我也想知道。他到底在哪儿？

每个人都问我一个问题，答对了可以得一百美元，那就是我为什么不试着逃跑。我明明知道布奇不会游泳，为什么没有游到另一条船上去？我可以回答这个问题，但这更多是因为我，而不是因为布奇，而且可以追溯到很久以前。是这样的。我告诉过你我的全名和名字的由来。我提到了我老爸。他在拉斐特当过一段时间的牧师。他对《圣经》了如指掌。因为他的缘故，我也熟悉《圣经》。我不知道你是否熟悉《旧约》，但那里面的一些内容现在根本通不过审查委员会的。强奸，谋杀，鸡奸，所有这些，那里面都有。

嗯，有一次我从 7-11 便利店里偷了一本杂志。哦，很久以前的事了。那时我还不到十岁。我要告诉你的是，打那以后我连发夹都没再偷过。但我偷了这本杂志，老爸发现后决定要惩罚我。那天我妈妈不在家。她出去为那些神圣的人组织烧烤活动了；她总是外出，组织别人的生活，让自己显得很有爱心。可是，在她忙着这些事情的时候，老爸把我塞进狗窝，并从外面闩上了门。里面很黑。还有狗屎什么的。我听到他开着卡车走了。我不知道他离开了多久。就在我开始感到孤独的时候，我听到他回来了，砰的一声关上车门。他打开狗窝，我正要出来，却看到了他手里的东西。他用锄头挑着一条响尾蛇回来了。他把蛇扔进狗窝，再次闩上门。我听到他在外面说话。他说既然我要干魔鬼干的事，就应该知道和魔鬼待在一起是什么感觉。他丢下我走了，把我一个人留在那里很长时间。里面一片漆黑，蛇摇晃着尾巴。那天晚上，妈妈直到八点左右才回家，而我从中午就在狗窝里了。

也许现在你能明白了。我说过，我怕蛇怕得要死。这就是一百美元问题的答案。你瞧,我当时有两个选择,要么和布奇这个魔鬼待在船上,要么下到水里和那些水蛇待在一起。先生,我选择了魔鬼。这种事发生在我这个年纪的人身上真是太可怕了。像那样驾船出去,回来时却发现自己是个懦夫。这种事发生在我身上。也可能发生在你身上。这说明,你再怎么小心也不为过。

# 燃烧的棕榈树

每天早晨,男孩都在父亲醒来之前就穿好衣服离开了家。首先是一公里上坡路,来到旧学校所在的地方。从那里他可以看到山谷里她的小屋,茅草屋顶在潮湿的阳光下闪闪发光。周围田里的小麦熟过了头。农民们在等待天气转好,然后开着联合收割机来抢收。那个夏季的天气很糟糕。

他外婆的小屋与其他房子不一样。门口没有漂亮的花园来吸引人们的注意,没有花坛需要除草,也没有草坪需要修剪。现在看起来比以往任何时候都更为破败。狭窄的空地上散落着建筑工人留下的碎石、破木板、石灰袋和玻璃碎片。郡委员会早在四月份就准备把房子拆掉,但外婆坚决不同意,告诉他们这是她的房子,她爱怎么着就怎么着。郡里的工程师来劝说她的那天,男孩也在场。

"听着,太太,"他说,"我们将给你盖一座崭新的房子,带小卫生间,还能用上电。一座适合你安度晚年的舒适房子。"

"谁说我一定要安度晚年的?"(她快八十岁了。)

"好吧，有上帝的帮助，你会的。如果从此再也不用从水井里打水，那岂不是一件好事？"

"再好的水泡茶也比不上井水。你不同意吗？"

"啊，太太——"

"你想喝杯茶吗？"

"你得明白道理——"

"谁的道理？ 为我不想要的东西讲道理没有意义。对吗？"

郡里的工程师没有做声。

"对吗？"

于是，委员会没有把房子拆掉，而是在小屋和马路之间砌起一堵高墙。现在没人能看到外面，也没人能看到里面。前面几个房间光线昏暗，房子前半部分新抹的灰泥还没有粉刷。整个教区没有哪座房子看上去比它更怪异。

男孩打开大门，一路跑到后门。她的厨房里弥漫着烧煳的猪油、煤烟和灯油混合在一起的味道。他用木桶里的水把茶壶灌满，然后从碗柜里取出瓷杯和茶碟。他母亲以前喝茶时总用茶碟，但他父亲现在将就着用马克杯，连桌布也省了。他星期天穿的衣服没有熨烫，鞋子也不像以前那么锃亮。

他敲了敲后面卧室的门，把她的茶放在梳妆台上。她已经完全醒了。她睡得不多，作息不规律，但总是等他把茶端来后才起床。

最近她的手总是抖个不停，只要端起茶杯，就会将茶洒在茶碟上。男孩打开窗户，驱散便盆的气味。窗户玻璃已经模糊不清，透过它看到的一切都变了形。墙上挂着一张他母亲结婚那天拍的照片，他的父母穿着深色套装，对着镜头微笑，只是照片挂歪了。他的外公外婆没有来参加婚礼，不赞成他母亲嫁给他的父亲。

他外婆曾经像吉卜赛人那样四处流浪，但在他母亲出生后就定居在了这里。在此之前，她和丈夫在爱尔兰各地捡废品。男孩对外公依稀有一点印象。一个高大的男人把他抱到一匹栗色母马光秃秃的背上，当他受到惊吓时，男人哈哈大笑。

"我梦见牛群了。"她一边说，一边吹着茶。

"我们今天要把活儿干完，外婆。"

"是啊，不然就会后悔的。"

他们整个夏天都在努力把墙纸贴完，却又有些心不在焉。他们会在屋后的空地挖新长出的土豆，煎黑腊肠，玩"无赖叫花子"游戏，听着雨水滴落在大黄叶子上的响声。大多数时候，她让男孩骑自行车去商店，给他钱买糖果和她抽的烟丝。每个星期五，货车会送来食品杂货和煤气。

男孩把便盆从床下拿出来，倒在空地上，然后用大桶里的雨水冲洗干净。他看着水面上自己的倒影。他的刘海越来越长，遮住了眼睛：他该理发了。

前面卧室里的墙纸已经贴得差不多了，只剩下三四条，还有窗户周围几个不大好处理的地方。他们过去管这里叫"妈妈的房间"。她以前就睡在这里；这房间属于她，嫁给男孩的父亲之后，她就搬进了马路另一头的大房子。第一条墙纸贴歪了，但他们没有停下来，现在图案中的棕榈树都歪向了左边。外面一阵狂风吹开了花园的大门，一个空的石灰袋在风中翻飞。男孩必须把糨糊调稀些，必须今天把墙纸贴完，因为这是暑假的最后一天。明天他必须回学校去。他不愿意去想学校的事，因为这会让他想起家庭作业和圣帕特里克节①。

圣帕特里克节的早晨，地上结了白霜。父亲让他回屋里拿水，来融化挡风玻璃上的冰。母亲在他衣领上别上三叶草，给了他一枚十便士硬币，要他放进募捐箱。她穿着那套漂亮的花呢套装和亚麻衬衫，做弥撒时唱着歌。从教堂出来后，父亲开车把他们送到外婆家，却拒绝进屋。他很匆忙。库拉丁的赛马已经开始了。

"要我回家的时候来接你们吗？"

"那就太晚了。"她知道他会喝得烂醉如泥，"我们走回去。"

妈妈往一只鸡肚子里塞调料，给海绵蛋糕撒了一层松软的绿色

---

① 是每年的3月17日，为了纪念爱尔兰守护神圣帕特里克，如今已成为爱尔兰的国庆节。

糖霜。男孩小时候父亲给他做了一辆钢制学步车，他把牛奶罐放在学步车上，推到井边打水。他喜欢大家觉得他有用，喜欢水桶咕嘟咕嘟吸着井水的声音，还有之后把井水灌进牛奶罐的响声，然后沿着结冰的小道把牛奶罐推回去。

树木在狂风中摇曳，在厨房里投下不停旋转的影子。厨房里弥漫着烤面包和花椰菜奶酪的香味。收音机里一个女人在唱歌。他母亲摆好桌子，用上了瓷器和骨柄餐刀。晚饭后，她看《民族主义者》杂志，男孩在做作业。有单词拼写，还有一些数学题。他讨厌数学；他觉得数学有时候根本不合理。负的乘以负的怎么可能是正的呢？ 地理是他喜欢的科目。他能说出爱尔兰每个郡、每条山脉、每条河流及其支流、每条主要道路的名字。

临近黄昏时，母亲给外婆编辫子。黑色炉灶上燃烧的火苗在油布地毯上投下黑影，外婆往窗台上撒了些燕麦片喂鸟。回想过去，男孩愿意相信当时谁也不想离开，谁也不愿意那天就这样结束。但事实并非如此。

"好了，儿子，快把作业做完；天快黑了。"

"啊，妈妈！"男孩已经做完了家庭作业，正在看地理书中关于悬崖如何形成的内容。

"我累坏了，儿子。"

"我作业还没做完。"他撒了个谎。

他撒谎是因为他不想回家。他父亲把日常用度拿去赌博,之后总会喝得醉醺醺地回家。他们又会为了钱的事吵架了。

"还要多久?"他母亲问。

"我还有地理作业要做呢。还要很久。"

"好吧,我先躺一会儿。作业做完了就叫醒我。"

她走进前面的卧室,关上了门。

男孩坐着看书,画着大海延伸进陆地、陆地落入海洋的示意图。光线昏暗,到后来字迹变得模糊不清,他不得不把书页对着窗户才看得清。外婆不到万不得已不会点灯,因为她说,点灯就意味着一天又过去了。黄昏是属于她的时间。她会卷上一支烟,坐着抽,眼睛盯着朝西的窗户,直到太阳落山。

"你会把眼睛看坏的,亲爱的。"

她站起身来,调好油灯的灯芯,划了火柴,把灯罩放下来挡住火焰,突然间,房间里亮起了朦胧的灯光。

"去把蛋糕盒拿来,"她说,"我们来泡杯库潘茶。"

他们吃着大块的海绵蛋糕,玩"四十五分"游戏①,用火柴棍计分。男孩还记得,烧得通红的煤块驱散了寒冷,洗牌,煤渣从炉栅里落下来,煤油的气味,马路上汽车驶过的声音,赌玩赛马后回

---

① 起源于爱尔兰的一种纸牌游戏,流行于爱尔兰、加拿大东部和美国东北部。

家的人们，车轮不断压过柏油碎石路的响声。

事情发生的时候，男孩正要赢牌。还有两圈就赢了，他手里还有张最大的 J。外婆正准备用 Q 围堵。突然，砰的一声，然后是玻璃碎裂和石头掉落的声音。起初他们以为是一棵树倒在了屋顶上。

"我的上帝啊，怎么回事？"

"妈咪！"男孩大叫道。外婆打开前面卧室的门，一大团石膏粉落在走廊上。他们一开始什么也看不见，但送货卡车的一盏前灯还亮着。卡车冲出马路，直接穿过前墙进了卧室。外婆在废墟中找到了他母亲。她被卡车顶在了墙上。男孩看到了血。他不想看。母亲的手毫无生气地垂着，就像达菲布料店里的那些模特假人。

"玛格丽特！"

司机的脸耷拉在方向盘上。更多的血。马在呻吟。陌生人举着火把，跑了进来。仿佛过了几个世纪。警笛声越来越近，最后停了下来。一个穿制服的男人走了进来，按压着母亲的胸部，嘴对嘴给她做人工呼吸。然后，他摇了摇头。有人把男孩带出了房间，带出了房子，来到树下。人们告诉他一切都会好起来的。后来他听到一声枪响，有人开枪打死了那匹受伤的马。

那天晚上马路上结了冰。弯道上一个打滑，就这么简单。没有什么能阻止事故的发生。有些人说，那房子离马路这么近，没有早几年发生这样的车祸已经是个奇迹了。他们说，这是一场迟早会发生的车祸。

此后的几天非常怪异，简直像在梦中。男人们和男孩握手，俨然把他当成了大人。女人们来到他母亲的房子里，做三明治，倒茶，洗碗，把碗碟放错地方。大家站在客厅里喝酒、抽烟，鞋子将尘土带进了屋，带到了母亲那块漂亮的羊皮地毯上。他们说她曾经是个多么好的女人。曾经是。人们谈论他母亲时用了过去时态，仿佛她已经死了。但她确实已经死了，男孩不得不提醒自己。他母亲已经死了。

葬礼结束后，男孩在铁匠铺里找到了父亲。他穿着他最好的礼服站在那里，把一根烧得通红的铁条弄弯，想做成挂在大门上的铰链。他放工具的架子上有一瓶威士忌，已经空了一半。

"好吧，儿子，"他说，"你母亲不在了，我真不知道我们该怎么办。"

见男孩没有做声，他开始拉风箱往里面鼓风，把火烧旺。

男孩走到外面，抬头看星星。他母亲曾经说过，星星是天使，在俯视着他们。他母亲信仰上帝。人们说他母亲去了天堂。他不能回屋里去。家里堆满了东西，却又让人感到空落落的。家里有她插在花瓶里的雪花莲，有她熨好后挂在木制衣架上留给他的衬衫，扶手椅下还有她毛茸茸的拖鞋。

男孩跑过田野，脚上那双漂亮的鞋子在新的泥土路上留下了他的脚印。来到外婆家的小屋时,他的心怦怦直跳,他气喘吁吁,满头大汗。那地方一片狼藉。他外婆坐在瓦砾堆里,肩上裹着一条毯子,用杯子喝着白兰地。她头发蓬乱,看上去像是疯了。

"要是那天你听话回家的话,"她说,"你妈妈今天应该还活着。"

外婆今天抽了很多烟,每贴完一条墙纸,她就会停下来,卷一支烟。她的手抖得比平时厉害。一些烟丝落在了厨房和他母亲卧室之间的地板上。墙纸上的棕榈树看上去很怪异,与墙壁格格不入。墙壁以前漆成了纯奶油黄色。

男孩在墙上刷糨糊,外婆把墙纸贴上去。刷子发出啪啪的响声。最后一条墙纸与墙角不贴合。棕榈树是歪的。男孩好不容易将它们在底下拼好,却发现顶部重叠在了一起。他无计可施。作业做完了就叫醒我。他感到很热又感到很冷。要是那天你听话回家的话。他明天必须回学校去。她会用墙纸把他的书包好,在他带帽兜的新夹克领子上写上他的名字。她会煎好土豆泥,帮他洗好饭盒,在练习本上签名,说他做了作业。她会让他出去看大门是不是上了门闩,给他灌满热水瓶,在睡前对他说"睡个好觉"。

墙纸贴好了。外婆正在修理最后一条,用刀片把踢脚板上多余的部分裁掉。她的手在颤抖,切口参差不齐。她坐下来,卷了一支烟。烟丝落在她的膝盖上。男孩为她划火柴。天快黑了,白天的光线正渐渐消失。棕榈树看上去就像被风暴吹得歪向了一边。

"贴歪了,外婆。"

"管它呢。有谁会来看呢?"她正凝视着窗外的那堵墙。

"我们来生一堆篝火。"她眼睛里有火。

他们将家里的破布烂条收集到一起,拿到外面。她从棚子里拿来油罐和叉子,两个人将所有的垃圾拢到一起,堆在前面的墙边。她把灯油倒在破碎的天花板上,然后划火柴。大火瞬间燃起,浓烟升到空中。折断的树枝在烈焰中噼啪作响,树皮变成了白色的灰烬。树木燃起的烟闻起来很香。这唤起了男孩心中某种古老而又不可或缺的东西。他不回家了。他整个冬天都要住在这里,生火,打牌,打井水,去商店买东西。他不会离开外婆。

她从沟里抽出枯枝,扔到火焰中。她已经把火烧到了最旺。

烟飘到墙的另一边,惊醒了道路尽头倒挂金钟丛中昏昏欲睡的黄蜂。乌鸦在空中盘旋。嘎。嘎。很像爱尔兰人说的"哪儿"。哪儿? 哪儿? 它们在问。火堆之外,夜晚似乎更加黑暗;影子在他们脚下角力。外婆的脚很大,他母亲的鞋子不合她的脚。他看着她在火中点燃了水泥袋。他血液里的某种东西让他明白她要干什么,可看到她把点燃的水泥袋扔到茅草屋顶上时,他还是惊呆了。

"外婆!"他真想大声笑出来。

"待在那里。"

她走进屋。窗户打开了。她走出来,手里拿着她的漂亮外套、她的养老金簿,还有他母亲的结婚照。她在茅草屋里把灯油洒成一条线,然后点燃。不一会儿,客厅的窗帘就着火了。墙纸在燃烧,棕榈树在燃烧,茅草屋顶变成了火球。外婆挽着男孩的胳膊,两个人开始步行,走过了弯道。只有一个地方可以去。男孩正面对着那个地方。房子的碎片,点燃的稻草屑,过去的点点滴滴,都在空中飘舞。路很黑,黑得看不见前方。走到那所旧学校时,他们停下脚步,回头看了看山谷里燃烧的房子。山墙一端枯死的松树在燃烧。一辆联合收割机的前灯在麦田里移动。

"今天收割麦子,真是奇怪。"男孩打破了沉默。他能感觉到空气中雨的气息:毛毛雨很快就会落下。

"嗯,他们要是现在不收割麦子,就永远收割不了了。"外婆说道,在回家的路上一直靠在他身上。

## 护 照 汤

弗兰克·科索已经没有什么可期待的了。他很晚才回到家，家中无人，连火都没有生。今晚，他找来一些引火柴，点燃火炉，温暖自己的双手。至于晚餐，他煎了培根和绿番茄，但只在餐桌上摆了一副餐具。他妻子最近很少在家。即便在家，她也会坐在阳台上，满怀期待地盯着柏油路，等待电话响起。她的旅行车今晚不在车棚里。她可能正沿着高速公路行驶，一路寻找。

他从冰箱里拿出一盒牛奶，倒进杯子里。他给一片黑麦面包抹上黄油，然后把培根切成小块。就在这时，他注意到牛奶盒上的照片。照片上面是一个小女孩，穿着吊带牛仔裤。她在微笑，掉了一颗门牙的地方呈现一个缺口。照片下方印着"失踪"两个字，字体很大，但有些模糊。伊丽莎白·科索，九岁。9月9日在俄勒冈州尤金市外的家中失踪。失踪时身穿红色运动衫和蓝色牛仔裤。如果你见过这个人，请致电……以及弗兰克·科索早已牢记在心的警察局的电话号码。

他还记得伊丽莎白掉牙的那天晚上。他告诉她把掉下的牙齿放在枕头下，牙仙子会来把它带走，然后留下一份礼物。她睡着后，他把一张一美元的纸币放在枕头下，却忘了把牙齿拿走。

"爸爸！爸爸！"第二天早上她说，"牙仙子来过了！"

弗兰克·科索顿时没有了胃口。他把盘子推到一边，起身，把印有女儿照片的牛奶盒放回冰箱，然后上床睡觉。床单摸上去冷冰冰的。他听到一块楔形的雪从屋檐上落下，掉进窗下的雪堆中。雪花纷飞，让人感觉更加寒冷。当他终于睡着时，日光已经照亮了卧室的墙壁。

那是星期一。

星期二，他回到家时，妻子的旅行车就停在车道上。她在女孩的房间。他能听见她在里面。她给女孩首饰盒形状的音乐盒上了发条，音乐已经响起。他知道她正坐在女儿的床上，看着弹簧驱动音乐盒上的塑料小芭蕾舞演员旋转，折磨着自己。他把门推开一半，向里面望去。妻子直视着他，目光越过他，就好像他身后有一张照片，而他挡住了她的视线。他成了隐身丈夫。

"嘿。"他说。

他走过去，坐到床上，伸出胳膊搂住她。她猛地甩开他的胳膊，拿起音乐盒，走出了房间。弗兰克走到书房时，能够看到她坐在阳台上，能够听到音乐声，随着弹簧松开，音乐慢了下来。今晚他不吃晚饭了。他从酒柜里拿出一瓶苏格兰威士忌，带上报纸，进了卧室。他把报纸从头到尾看了一遍，从头条新闻到体育新闻再到讣告，然后走进卧室的卫生间，坐在马桶上。他抬头一看，墙上挂着一张放大了的女儿的照片，墙上以前可没有照片。照片是她在他弟妹的婚礼上当花童时拍的。她穿着一条白色的缎子长裙，一直垂到她的脚面，脚趾从长裙下露出来，仿佛在朝外偷看。她手里拿着一束白玫瑰，玫瑰周围衬着满天星。弗兰克·科索坐在马桶上，双手捂住脸，眼泪流了下来。

星期三，他回到家时没有看到她的车，但炉子点着了，还有一张纸条，上面写着："去母亲家了。很快回来。"自从伊丽莎白失踪后，她就再没留过这样的字条。这张纸条让他振作了一些。他洗了个热水澡，换上睡衣。他打开女儿房间的门。一切都和她离开时一样。他看了看她的衣柜，把木制衣架移到左边，然后又移到右边。他记得她穿这些衣服的模样，至少他认为他记得。他嗅了嗅一件黄色毛衣的腋下：什么气味也没有。他从书架上拿起一本涂色书，翻动书页；这是她小时候的书，她当时还无法把蜡笔画在线条里面。弗兰克躺在床上，拿起米老鼠形状的电话听筒，琢磨着可以给谁打电话。没有人。大家都与他断了联系。谁也不知道该说什么。他放下听筒,听着窗外寒风吹过树木的声音。他想象着女儿在寒风中的情形。他希望,如果她还活着,她没有在寒风中受冻。他宁愿女儿死了,也不愿意她在今天这样的夜晚待在外面。

"上帝原谅我。"他说。

他站在失去她的那片玉米地里,寻找着她,呼唤着她的名字:埃尔西! 埃尔西! 她在奔跑,从深得能淹死人的河边向他跑来。他能听到她的呼吸声,那是一个小姑娘的喘息声。这时,另一个声音从另一个方向传来,也在呼唤她的名字。她转过身,背对着父亲,然后循着那个声音而去。声音的主人进入了视野。一个陌生的黑人,紧紧握住了她的手。她父亲大声叫她停下,但她一直往前走,离他越来越远。他可以看到她在干燥的地面上留下的脚印(她失踪时正是发出干旱警报的那个夏天),他听到自己的声音变得越来越刺耳。但她还继续往前走。他能感到自己身体里所有的细胞在相互碰撞,告诉大脑要移动、移动,但他动弹不了。他注视着她,倾听着她的脚步声,听着陌生人许下的承诺;然后一切消失殆尽,化为了寂静的玉米地和河流之外的一部分。

在女儿漆黑的房间里,弗兰克·科索被电话铃声惊醒。他拿起话筒,但没有人说话。是他妻子。他知道那是他妻子。他能听到她的呼吸声,能感觉到她的仇恨正穿过电话线,进入房间。

"做噩梦了?"她说完就挂了电话。他听到她在另一个房间挂断电话,用的是另一条电话线。他起身回到他们以前的卧室,让她进来躺在女儿的房间里,因为她已经把这里当成她的卧室。

弗兰克·科索弄丢了自己的孩子,就在自家后院的玉米地里。这些都是事实。在那个傍晚的某个时刻,她在那里,然后就不见了。就这么简单,这么令人难以接受。警察来了,然后侦探也来了,他们问了几个问题:你们吵架了吗? 你能再给我们说一遍吗,科索先生,到底发生了什么? 慢慢说。这类事情经常发生。他们黑色的小笔记本、香烟,还有怀疑。弗兰克给出的答案同样令人不满意。然后是搜索队,邻居们走过每一寸土地,穿过一排排玉米、牧场和牛群吃草的草地。天色越来越暗。一支支手电筒划过大地,照亮了沟渠、树篱和树枝。但是没有人呼唤,没有人奔跑,也没有人喊"我们找到她了"。就连那些穿着潜水装备潜到河里搜寻的人也没有任何发现。

弗兰克·科索掀开床单时,上面摆放着照片——十二张,十五张,二十二张。埃尔西坐在他的膝盖上,埃尔西在祖母家,埃尔西坐在橡胶轮胎秋千上晃来晃去,母亲搂着埃尔西,埃尔西倒骑着小马,埃尔西在迪士尼乐园,埃尔西在吹生日蜡烛。他小心翼翼地把照片收好,放进放袜子的抽屉里,然后躺下。


星期四,弗兰克没有回家。他离开办公室,买了份中餐外卖,住进了航空公司高速公路旁的一家汽车旅馆。他靠在枕头上，用塑料叉子吃饭，看电视。他不停地切换频道：一个脱口秀节目，嘉宾的生命曾在手术台上停止了片刻；一部关于第一次世界大战的纪录片；一个女人在讲授如何训练狗坐下、捡东西、听话不乱跑。他还是选定一战纪录片，一直看到节目结束，然后思考是否要离开妻子。他很想离开她。他感觉家已经变得像个停尸房。所有的责备、内疚和沉默。除了昨晚那句"做噩梦了"，自九月以来妻子就没有和他说过一句话。但是，还有一丝可能，一丝失去便无法挽回的可能，那就是伊丽莎白会回家来，而如果她回来，弗兰克一定要在场。她现在或许已经回家了。她可能会走进冰冷的屋子，头发上的雪在融化，问爸爸在哪里。他拨了电话号码，他妻子接了电话。

"你好。"

"你好，"他说，"我只是打电话来说一声，我今晚不回家。我只是想，你知道，我只是想——"

电话挂了。

星期五，弗兰克回到家时，不仅炉子是热的，而且电热板上炖着一大锅汤，餐桌上的篮子里装着热面包。他脱下外套，抖掉裤子上的雪，在垫子上擦了擦鞋底。他妻子正在摆桌子。三把叉子，三把餐刀，三把汤匙，两个刻花平底玻璃杯。弗兰克坐下来看着她。

她穿得很正式，一条蓝色的晚礼服，长及脚尖。他以前见过这条裙子，但说不出是在哪里。一串玻璃珠挂在她的脖子上，一直垂进她的乳沟。这场磨难让她的秀发失去了光泽，她现在瘦了，但她依然是一个漂亮女人。

"出什么事了？"

"我做了晚饭，"她说，"你今天过得怎么样？"

他几乎忘了她以前说话的声音。

"今天有客人吗？"

"喝一杯怎么样？"她说，"我想喝一杯。你呢？"

"当然，"他说，"我——"

"不！"她说，"我来吧。你先去换衣服。"

他走进卧室，解开领带，再解开鞋带。他换上慢跑裤和高领毛衣，找到拖鞋换上。他掀开羽绒被，但床单上没有照片。他回到厨房时，妻子正用一块抹布从烤箱里端出加热的汤碗。她递给他一大杯"野火鸡"牌威士忌，杯子外面裹着餐巾。她关上顶灯，把一块黄油放在盘子上，又从抽屉里拿出一个长柄勺。她站在他面前，揭开盖子。一股浓浓的蒸汽在他们之间盘旋升腾。她笑了笑。她俯身舀汤时，他顺着裙子胸前往下看。她的乳房把蕾丝胸罩撑得鼓鼓的。他喝了一口威士忌。他觉得自己又像个丈夫了。也许一切都会好起来。也许他们能熬过这个难关。也许他们可以再要一个孩子。

"真香。"他说,等她坐下后,他伸手去拿汤匙。这时,他看了看自己的碗。他把汤匙放下。他开始数,一直数到九。汤的表面漂浮着九张他失踪女儿的护照大小的照片。九张油腻的、褪了色的照片。他把碗推开,把头靠在胳膊上。

"我们家的特色菜:护照汤。"他妻子说。

"够了!"

"怎么了,弗兰克? 你不喜欢吗? 你从来就没有喜欢过我做的饭菜。"

直到弗兰克把那碗汤扔到墙上,她的声音才开始变化,她才真正开始说话。

"你这混蛋。给埃尔西讲什么仙子的故事,让她相信那些鬼话。你把她弄丢了,弗兰克,是你把她弄丢了! 你弄丢了我们的孩子。你这个没用的混蛋!"

她走过去,用手背狠狠地扇了他一巴掌,然后又一巴掌。弗兰克跪了下来。他跪在她面前。他抓住她裙子的下摆。她的长裙是蓝色的。他用手指紧紧地抓住裙子布料。他乞求她原谅。她不原谅他。她也许永远不会原谅他。她后退了几步。他听到了责备,剃刀般锋利的话像刀子一样在房间里飞舞,从他的头顶飞过。把他身体割开的言辞。她在把他割开,把刀子插进去;她在转动刀子。转动。但弗兰克·科索感觉好多了。这是个开始。总比没有好。

# 致　　谢

非常感谢大卫·马库斯、贾尔斯·戈登、玛丽·麦凯、安纳梅克里奇的泰隆·格思里中心，以及加的夫威尔士大学和都柏林圣三一学院的朋友和老师们。

## 短经典精选系列

**走在蓝色的田野上**
〔爱尔兰〕克莱尔·吉根 著 马爱农 译

**爱,始于冬季**
〔英〕西蒙·范·布伊 著 刘文韵 译

**爱情半夜餐**
〔法〕米歇尔·图尼埃 著 姚梦颖 译

**隐秘的幸福**
〔巴西〕克拉丽丝·李斯佩克朵 著 闵雪飞 译

**雨后**
〔爱尔兰〕威廉·特雷弗 著 管舒宁 译

**闯入者**
〔日〕安部公房 著 伏怡琳 译

**星期天**
〔法〕伊莱娜·内米洛夫斯基 著 黄荭 译

**二十一个故事**
〔英〕格雷厄姆·格林 著 李晨 张颖 译

**我们飞**
〔瑞士〕彼得·施塔姆 著 苏晓琴 译

**时光匆匆老去**
〔意〕安东尼奥·塔布齐 著 沈萼梅 译

**不中用的狗**
〔德〕海因里希·伯尔 著 刁承俊 译

**俄罗斯套娃**
〔阿根廷〕比奥伊·卡萨雷斯 著 魏然 译

**避暑**
〔智利〕何塞·多诺索 著 赵德明 译

**四先生**
〔葡〕贡萨洛·曼努埃尔·塔瓦雷斯 著 金文彭 译

**房间里的阿尔及尔女人**
〔阿尔及利亚〕阿西娅·吉巴尔 著 黄旭颖 译

拳头
〔意〕彼得罗·格罗西 著 陈英 译

烧船
〔日〕宫本辉 著 信誉 译

吃鸟的女孩
〔阿根廷〕萨曼塔·施维伯林 著 姚云青 译

幻之光
〔日〕宫本辉 著 林青华 译

家庭纽带
〔巴西〕克拉丽丝·李斯佩克朵 著 闵雪飞 译

绕颈之物
〔尼日利亚〕奇玛曼达·恩戈兹·阿迪契 著 文敏 译

迷宫
〔俄罗斯〕柳德米拉·彼得鲁舍夫斯卡娅 著 路雪莹 译

奇山飘香
〔美〕罗伯特·奥伦·巴特勒 著 胡向华 译

大象
〔波兰〕斯瓦沃米尔·姆罗热克 著 茅银辉 易丽君 译

诗人继续沉默
〔以色列〕亚伯拉罕·耶霍舒亚 著 张洪凌 汪晓涛 译

狂野之夜：关于爱伦·坡、狄金森、马克·吐温、詹姆斯和海明威最后时日的故事（修订本）
〔美〕乔伊斯·卡罗尔·欧茨 著 樊维娜 译

父亲的眼泪
〔美〕约翰·厄普代克 著 陈新宇 译

回忆，扑克牌
〔日〕向田邦子 著 姚东敏 译

摸彩
〔美〕雪莉·杰克逊 著 孙仲旭 译

山区光棍
〔爱尔兰〕威廉·特雷弗 著 马爱农 译

格来利斯的遗产
〔爱尔兰〕威廉·特雷弗 著 杨凌峰 译

**终场故事集**
〔爱尔兰〕威廉·特雷弗 著 杨凌峰 译

**令人反感的幸福**
〔阿根廷〕吉列尔莫·马丁内斯 著 施杰 译

**炽焰燃烧**
〔美〕罗恩·拉什 著 姚人杰 译

**美好的事物无法久存**
〔美〕罗恩·拉什 著 周嘉宁 译

**魔桶**
〔美〕伯纳德·马拉默德 著 吕俊 译

**当我们不再理解世界**
〔智利〕本哈明·拉巴图特 著 施杰 译

**海米的公牛**
〔美〕拉尔夫·艾里森 著 张军 译

**对不起，我在找陌生人**
〔英〕缪丽尔·斯帕克 著 李静 译

**爱因斯坦的怪兽**
〔英〕马丁·艾米斯 著 肖一之 译

**基顿小姐和其他野兽**
〔安道尔〕特蕾莎·科隆 著 陈超慧 译

**在陌生的花园里**
〔瑞士〕彼得·施塔姆 著 陈巍 译

**初恋总是诀恋**
〔摩洛哥〕塔哈尔·本·杰伦 著 马宁 译

**美好事物的忧伤**
〔英〕西蒙·范·布伊 著 郭浩辰 译

**一切破碎，一切成灰**
〔美〕威尔斯·陶尔 著 陶立夏 译

**纵情生活**
〔法〕西尔万·泰松 著 范晓菁 译

**命若飘蓬**
〔法〕西尔万·泰松 著 周佩琼 译

**爱,趁我尚未遗忘**
〔海地〕莱昂内尔·特鲁约 著 安宁 译

**水最深的地方**
〔爱尔兰〕克莱尔·吉根 著 路旦俊 译

**石泉城**
〔美〕理查德·福特 著 汤伟 译